ココロの声に耳をすませば

★

大切なことに気づくために

中川尚子
Naoko Nakagawa

文芸社

始まり

特に肩書きもなく、世の中に対し偉業を成し遂げたわけでもない私が今回、本を書くことにしたのは、進学や進路で迷ったり悩んだりしている人に、少しは希望をあたえることができるのではないかと思ったから。誰でも人生の岐路で悩むことはある。「あの時こうしておけばよかった」、そう思いつつも、いろいろな制約を受けたりして、人生に何かしら折り合いをつけていくことがほとんど。でも、どうしても軌道修正したい時もある。しかし軌道修正したくても、なかなか勇気が出ない。軌道修正にはいろんな意味でパワーを要する。周囲に、同じような経験をした人がいなければ、よけい不安になる。

私は、地元の大学に進学したものの、どうしてもあきらめられず、京都大学を受験することにした。それも医薬系から文転なのだから、周囲には当時理解されなかった。でも、世間体よりも、やはり自己肯定できる人生の選択は重要だと思った。なぜなら、自分の人生は自分でしか責任がとれないのだから。

私の生き方は、いわゆるエリートになりたいと願う若者には受け入れられにくいと思う。また、スペシャリストでやってきた人には奇異に映るだけかもしれない。

しかし、かつて私が学生の頃、進路で悩んだ時、自分が前向きになれるような適切な助言をしてくれる人も少なかったし、お手本となる人もいなくて心細かった。だからこそ、全国にいるであろう進路で悩む人達にとって、何かのヒントになるなら……。

そんな思いを込め、第2章の「そうだ、京大へ行こう！」を書くにいたった。そして二十代の女性として感じたこと、経験したことも一緒に書き綴っていった。私はどこにでもいる普通の人間。これを手にとってくれたあなたと同じ。そんな普通の人間が、迷ったり、悩んだり、勇気を出したり、感動することは、すべて「素敵な人」になるための修行だと思う。そこで本書では、それぞれの経験を〝修行〟と記した。

私のようなどこにでもいる普通の人の生き方が、どこかにいる見知らぬ人、しかも、私と同じ、あるいは似たような悩みを持ち、立ち止まっている人の心に届けば、それだけで、私は幸いです。

MOKUJI

ココロの声に耳をすませば――大切なことに気づくために

第3章 ステキなひとびと

第4章　ココロふるわすもの

第1章

ガンバッテいる人たちへ

SHUGYO

1

イケテナイ女性薬剤師

少し古くなるが、女優三田佳子さんが演じた外科医の有森冴子、浜木綿子さん演じる火曜サスペンス劇場の人気シリーズの監察医、そして、江角マキコさんの医師役など、女医はなぜか美人女優が演じている。男性だってそう。外科医や救急医などをテーマにしたドラマが年に何本か出てくるが、例えば、竹野内豊さんらが精神科医だったら、「まーなんてかっこいい！」と医師のイメージは上がるのだろう。しかし、薬剤師が主人公のドラマなど未だに見たことはないし、ましてや医師の恋人役にナースやどこかのご令嬢は出てきても、薬剤師役の俳優・女優など、私は見たことがない。ある講演で、「薬は薬のお医者さん、薬剤師さんに任せればいい」と話した医師がいらした。「薬のお医者さん、ねー」薬のお医者さんと言われれば少しはイメージが向上するかもしれないが、現実は、地味で野暮なイメージがつきまとっているようである。

トドメは私の主人（パートナー）の何気ないひと言。

「薬剤師ってイケテナイっていうイメージしかないんだけど」

「……」

言葉を失った。目の前が真っ暗。彼だけにはそう言われたくなかった。そんなに「私」はイケテナインダロウカ!?　もっとも現在、私は薬剤師を本職としていないし、そんなに考え込むことはないのかもしれないが、それでも曲がりなりにも薬剤師資格保持者のはしくれ、そう言われて黙っているわけにはいかないと思った。なぜ薬剤師はこうも地味なのだろうか。

薬剤師は最近、医薬分業で、やっと「顔」が見え始めた。しかし、ここまで至るのに、薬剤師たちは、いろいろな他の医療職種の政治力の犠牲となったのだ。しかし、政治的圧力だけが、薬剤師の地位向上を妨げてきたのだろうか。

①女性が多いこと　②教育システムの偏重　③薬剤師自身のスタンスの問題——なども問題点ではないかと私は思う。

①女性が多いこと…私は岡山大学で薬学を専攻したが、その時も薬学科は半数が女性だった。はっきりモノを言い、パワフルな人が多かったと思う。しかし、女性はやはり男性と比べてあまり恵まれていなかったと思う。学生時代、製薬企業の方が講義に来られたが、最後に男性が多く座っている席へ向いて、「是非、うちに」みたいなことを言われた。その時、私は「何か」を感じた。企業は、女性があまりお好きではないらしかった。それは、三回生後半からの企業から受け取るダイレクトメールの数で思い知らされた（余談だが、京大時代は、頼んでもいないのに、大手製薬企業から、ダイレクトメールをいただくことがあった。薬学知識の専門家よりも、（文系でも）京大というのはやはり違うらしい!?）。「ダンボールにいっぱいで」という男子学生とは反対に、

いくら就職しないとはいえ、私のところへは数通しか届かず、他の女子学生も状況は同じようだった。それで多くの学部卒の女性は病院薬剤師か調剤薬局の薬剤師となった。看護師のように、もっと女性色が強い職業だと、男性の特権はかえって発揮されないかもしれないが、薬剤師の場合、女性が多くなると、逆に男性の方にメリットが出てくる気がする。大学院修了の親友が、ある地方の採用試験で高い競争倍率を制して最終面接まで至ったが、残る数少ない採用枠に対して「たぶん男性が確実に入るわ」とこぼしたことがある。結局、彼女はその難関を制したのだが、男性が少ない分、薬剤師の就職戦線は男性に有利に働くことが多いような気がした。

そういえば、学生時代、ある教授がこう言っていたと記憶している。「優秀な女性は不利で、なんでこの人、という男子学生が企業に決まってしまう」と。ゲノム時代が到来し、米国追従の最中、日本は技術力にはさほど差はないけれども、「戦略がない」「開発費の増額をすべきだ」――などと言われているようだが、意外にもっと簡単な解決策があるのでは、と私は思う。女性の薬学者・生命科学者を、能力ではなくて、女性というだけでふるいにかけて見捨てることこそ、学術的利益を損失、ひいては、極論だが、国益を逸失しているのかもしれない。

確かに、薬剤師という資格を取るだけのために大学に来ている人も多いだろうから、研究機関に残る女性の数はかなり減少するだろう。それでも優秀な女性が生かされないでいる現実もそこに横たわっている気がする。

話が本題から離れてしまったが、研究者としても薬剤師としても、女性はやはり不利なようだ。一般社会での男女不平等のあおりも受けてか、女性が多く、男性が少ない薬剤師の世界は、男性の多い医師の世界と比較すると、医師を頂点とする構造の中、従属的印象に陥りやすいのかもしれない。結局、医師の裁量権の幅と、権威という壁が、とても高く厚く薬剤師の地位向上の動きにのしかかってきてしまうのだろう。

②教育システムの偏重…薬学専攻の学生は薬剤師、製薬企業、大学機関などに進路を定める。私みたいな例は稀有とはいえ、意外にもマスコミ、シンクタンク、銀行、医学部進学などへの進路をとった先人も少なくないようだ。特に難易度が高いと言われる大学の人がそういう方面に流れている気がする。研究機関としては、恵まれてい

るというのに！　しかし、それは薬学部の中途半端な位置付けなど、そこまで魅力的ではないせいなのかもしれない。医師を志す人の中にも、生家が代々医者なので、という跡継ぎ事情のある人や、高収入・社会的地位（ステータス）に惹かれてという人も少なくないだろうが、患者を助けたくて、とか、自分が病気だったから、とそれなりの志をもって進まれる人も少なくないだろう。しかし、だ。薬学は、扱う範囲が本当に狭く、医師や看護師ほど熱意のある人は多くないかもしれない。例えば、医学部だと、基礎研究において薬の研究もできるし、患者への触診が許されているし、臨床的に薬物動態もフォローできる。

「薬学部って一体何なんだろうか」

薬剤師があまり地位向上を訴えてこなかったのは、教育システムの偏重にあると最近思うことがあった。国立大学は研究者養成が主で、私立大学は薬剤師養成、とその教育方針は異なりがちだ。そのあり方のアンバランスが、社会的地位を向上させようとした場合、「地熱のなさ」を露呈するのだろうか。実際、薬学時代の同期によると、それなりの規模の病院ならまだしも、調剤薬局勤務だとあまり研修もなく、亜流で勉強している人もいる。日本医師会などと同様、日本薬剤師会も任意加入なので、それが逆に医療の質の不均衡につながることも考えられる。私のように、薬剤師業務からはなれた人間でも立とうとおもえば明日から薬局業務に従事できる。それが今の薬剤師制度であり、臨床にたずさわる医師や看護師のようにブランクがあまりとわれないようだ。

③薬剤師自身の意識の問題…よく言われるが、女性の場合、どうしても出産・子育てを考えると、薬剤師の資格がそれなりの保険になる。日本の場合、男性もそうだが、加齢とともに、復職は難しくなる。女性は特に、恋愛対象としても、仕事をするにしても、「若さ」が要求される傾向にある。そういう社会的背景においては、それなりの専門性を伴い、保険にもなるつまり、復職しやすいであろう薬剤師という職業は、女性には魅力的というわけだ。しかし、そのような保険になり、例えば女性医師ほどブランクのながさが不利にならないから、いったん取ってしまうと競争原理が働かなくなるのかもしれない。すると「現存維持でいきましょうか」という流れになるのも

否めないだろう。今回、何人かに、メールで薬剤師についてコメントを求めたが、それがよくわかった。薬学は所詮、扱える領域がせまいと思う。しかし、やはり社会に対する目をもっともつべき。薬害やその歴史も知っておくべき。大学ではそういうことももっと教えるべきだったと思う（今はしていると思うが）。研究に関する創造力も、物事を捉える分析力も、いろんなことからつちかわれると思う。いつだったか、薬剤師向けの情報誌で、あるライターが書いていた。薬剤師のエッセイは医師と比べてなるほどと思うことが少なく、視野が狭いのだそうだ。数年前、これを読んだ時に、私は薬剤師が医師より劣っている、つまり能力のせいだと思っていた。しかし、最近思うに、薬学部は四年間でタイトなスケジュールが組まれ、研究などで、正直私自身毎日しんどかった。そして、国家試験を受けて社会人デビューする。だが、医師は六年制だし、病院内にいることが多くなるといえども、人との出会い、生と死との出会いから、多くを学び取るだろう。例えば知人の緩和ケアの女性医師は、「患者」という「人」を通していろいろ学んだという。

六年制になると、女性の進学率が減るのではないか、とか、今の四年制卒の薬剤師との整合性などが問題となるようだが、ゆとり教育も必要だと思う。あの四年間をふり返り、詰め込みの毎日だったと思う。多感な時期に、詰め込みだけだと、人間としての奥行きがなくなるのかもしれない。そういえば、法学部学生の司法試験も詰め込みで、毎年浪人生は会うたびに、オーラがなくなっているような気がする。それもまた試練という人生勉強で意味のあることだと思うが、自分を振り返り今になって思うに、吸収力のある若いうちに「よく学びよく遊ぶ」べきだったと思う。

ところで、この話題に、親友は興味深いことを指摘してくれた。彼女は前述の優秀な親友である。女性の就業率が高いことを受けて、薬剤師はやはり女性に向いている仕事だと話す。医師と比較しても、医師ほど体力を必要とせず、家庭との両立が可能。病人に触れないことが逆にメリットとも。また、細やかな気配りを必要とする仕事だともいう。細心の注意を必要とする調剤、患者に対する対応など、病院薬剤師としての経験からそう思うらしい。現場の声には説得力がある。

それから私は、「薬剤師ってどんな人が多いのかしら」と問いを投げかけた。すると、彼女は的確に分析し、答えてくれた。

「自己アピールが下手で、まじめに大人しく仕事をする女性が多いような気がする。外に向けて意思表示をするのが下手で、言われたことを言われるままにするのは上手な人が多いのでは」

なるほど。ここでは女性に限局して述べるが、一般社会と比べると、資格を持つ薬剤師の女性は気丈で、しっかりした性格の人も多いと思うけれど、たとえば文系の女性に比べたら、一般的に地味で華やかさに欠ける。美人女性医師なら絵になるが、美人薬剤師という特集を組んでくれた雑誌は見たことがない（なかなか美人が多いのに!?）。男性の視点だけで結論づけたくないが、スッチーと薬剤師なら、見事にスッチーに行くのだろう（男友達は頷いた!?）。とにかく「薬剤師はイケテナイ」という偏った社会的イメージが定着しているといえそうだ。絶対数も少ないし、研究者生活が長いこともあって、学生時代の同級生や、研究者の先輩・後輩と結婚することが少なくないことも、薬剤師という職業が地味で、社会的認知度の低い、なぞめいた職種にさせてしまう一因なのかもしれない。

彼女は続けた。

「米国の薬剤師は、地位が高く、尊敬される職業だけれど、日本の薬剤師は、米国と違って、調剤のみの地味な仕事で、地位を求めても無理でしょうね。ただ昨今、薬剤師の業務はかわっていっているので、問題意識をもって、職能を生かせるよう努力すれば、地位もそれに伴って上がってくるのではないかな」

と。米国の薬剤師には、医師同様、聴診器を持って触診することが認められ、自ら処方権をもつ人もいるという。日本でもやっと調剤業務のみから脱却して、薬指導をしに患者の前に出てきた。今、日本の薬剤師は過渡期にあると思う。この先どう変わるかは、当事者次第だということだろう。

もっとも、純粋文系の友人に同様の質問をすると、「ドラッグストアで化粧品とか売っているからじゃないか。近くのストアだと、魚まで売っていたぞ」との返事。アメリカのように患者から尊敬されるためには、日本の場合、まだまだその道のりは遠いのだろう。

　このような現状の薬剤師をもっとメジャーなものにするには、やっぱり社会的イメージなのかしら、ね。政治家がこぞって芸能人みたくＣＭを作ったように、江角マキコさんあたりに、女性医師ではなくて、ドラマ「ショムニ」のように、医師に立ち向かう薬剤師さんなどを、演じてもらうのもいいかもしれない。『パラサイト・イヴ』で一躍有名になった瀬名秀明さんに追随する薬学系出身作家も増えると、認知度があがるかしら……。かのアガサ・クリスティも、薬学を学んでいたらしい。

　もしどこかの脚本家やプロデューサーがこれを見てくれていたら、薬剤師主演のドラマなど、いちかばちかいかがでしょうか。私もその時は、エキストラでご協力いたします。

「薬剤師の女性だって、なかなかイケテルンデスカラネ！」

註：これらの文章については特に資料・文献を用いず、経験・伝聞による私見であることを、まずはご了承いただきたい。誤解や批判もあるかと思うが、筆者の本意としては、薬剤師や薬学者のイメージを少しでも明るくしたいと思ってのことである。

薬剤師たちも日々、患者や地域住民のためにその専門性を生かして働いている。しかし、地味な印象があるため、ドラマなどメディアを通じてでも子どもたちや若い人たちにもっと知ってもらい、夢を与えられたらと思った。

私自身はその世界から離れてしまい「薬学離れ」をしてしまった一人として、せめて陰ながら薬学界を応援していきたいと思っている。

SHUGYO

2 ノーベル賞と女性科学者

女性閣僚、女性知事――。「男性の職分」とされてきた分野への、女性の社会進出は今やごく普通のこととなっている。しかし、未だに日本の女性が選ばれていないものの一つとして、ノーベル賞がある。

自然科学分野に限ってみると、戦後では、湯川秀樹氏、朝永振一郎氏、江崎玲於奈氏、福井謙一氏、利根川進氏、白川英樹氏、野依良治氏、小柴昌俊氏、田中耕一氏の男性九人。女性はまだいない。

なぜ女性が受賞できないのか。そんな折、朝日新聞二〇〇一年七月二十七日付夕刊の「窓」で、なぜ日本人にノーベル賞が少ないかについて、仮説がたてられていた。日本人は他人を推薦するのがあまり得意ではないこと、英語での推薦作業に躊躇《ちゅうちょ》などといった内容だ。戦略の改良を示唆し、開発費の増額だけではいけないと、結論付けていたが、やはり日本人特有の研究環境だけが問題解決の糸口なのだろう。一方、私は二番煎じながら、なぜ女性が受賞できないのか、仮説をたててみた。

仮説一　理科系は男性が多数を占める社会。情報交換のネットワークが充実していないなど、女性の業績がなかなか認められない体制があるのでは。

仮説二　女性が研究を続けること自体が今のインフラ（研究環境）では無理。独身を通せば別だが、子育てとの両立が研究業績にも負担になる可能性がある。

仮説三　理科系の女性の数がまだまだ少ないこと。やはり、「数」は「質」を生む。現状では男性ほど、競争原理が働かないのかもしれない。

仮説四　一般的に女性は、男性と違い、業績や評価よりも自己実現を仕事に求める傾向にあるため、ノーベル賞受賞にそもそも興味がない。

仮説五　女性の意識の低さ。（しかし、果たしてそうか）

仮説二が、現実問題として、一番改善の余地があるのではないだろうか。ここ数年の間に、女性進出が進むにつれて、日本の知的資源を生み出す学会の世界でも、学会に保育所を設置する動きがみられている。医学界でいえば、日本内科学会は、一九九六年度から毎年完備しているという。日本産科婦人科学会、日本小児学会などでは、年会主催者次第としつつも、設置が試みられているらしい。また、女性が多いはずの日本薬学会や日本看護学会は、保育所を設置しておらず、男性が多いはずの日本外科学会は、一昨年の百回記念学会から設置しているようだ。単に女性が多いだけで、学会に保育所が設置されているわけではない。予算や会場の事情もあるだろう。学会や職種によっては、希望があっても言い出せず、ニーズが表面化していないという可能性もある。また、主催の実質的中枢をなす男性の理解も必要だ。さらに、保育所設置は、研究者同士、医療従事者同士の夫婦も少なくないことから、同業の男性の負担の軽減にもつながる。

二十一世紀は、生命科学、ゲノムの世紀。日本分子生物学会は、二〇〇一年度から、保育所を設置していくという。学会会期中の保育所設置は、まだまだ始まりにすぎない。子育てをしつつも研究を続けられるインフラ整備は、単なる自己実現ではなく、優秀な研究を生み出すし、少なくともその機会を与えられる。次世代を育てるという点でも、個人の人生としても満たされるだろうし、国家的にみても少子化に歯止めがかけられる。これは、一般社会でも同様だろう。そして、研究・開発分野での家庭との両立の達成は、結果的に、女性の労働力・能力を十分活用するし、優秀な研究が育まれるから、科学技術創造立国を目指す日本の国益にも適うのではないだろうか（もちろん、優秀な研究はいずれ国民に還元され、特に医療分野での貢献は、わたしたち患者の利益につながるのである）。

小泉首相のメールマガジンでも尾身幸次科学技術政策担当大臣が、「ノーベル賞三十人計画」に向けて、若き世代にエールを送られていた。しかし、女性研究者の知的資源の活用には触れられていない。もちろん、女性に限る自体が、性差別という批判もあるかもしれない。しかしながら、現実問題として、女性受賞者がいないことが「偶然の産物」と断言できない気もするのだが、いかがなものだろうか。

最後に、仮説を一つ忘れていた。

仮説六　目の前のダイヤモンドの原石にただ日本人は気づいていないだけかもしれない。ノーベル賞受賞をきっかけに、白川博士や田中耕一さんが、一躍有名となったように、世界がダイヤモンドの原石をみつけなければ、日本では、ただの石ころになりて?……。

SHUGYO

3 なぜかスリランカ

「私は、スリランカか、ギリシャに行こうかと思っている」

そう彼女は切り出した。あれは忘れもしない、京大・吉田キャンパスから京阪出町柳駅まで白川通り沿いを早歩きしながらでのこと。私にとっても彼女にとっても学生最後の年だった。

彼女は、当時、京都大学法学研究科博士課程に籍をおき、私は法学部生という立場。しかし、彼女とは、国際法のある研究室で、ヒトゲノムの法政策に関するアンケート調査を行った際、手伝いをしたのがきっかけで、話をするようになった。立場は違えど、お互い同年代ということもあって、親しくなった。

中・高と関西の有名進学校を経て京都大学に進んだ彼女と、田舎育ちで変な経歴の私が仲良くなるのは、彼女には申し訳ない気もしたが、「編入とかそういうのは関係ない」――そういって、今も相変わらず仲良くしてくれている。

彼女は本当に頭の回転がよく、物事を鋭く分析する。それなのに、謙虚。まったく権威とか社会的地位とか経済力に対し、関心が低い。本当に力のある人って、こういう人のことをいうのだろう。

当時、彼女は国際法学者になるべく日々研究に専心していたが、修士課程修了時に、指導教官から、国際法学者ではなく、実務家の道をすすめられた。もともと彼女も今の環境では「人の顔が見えない」ともらしていたことがあった。私の勝手な推測だが、実践をともなわない法解釈だけの生活は、フィールドワークもしながら勉強していきたい彼女には物足りなさがあったのかもしれない。しかし、だ。教育者側は、早くに進路を変更したほうがいいと気づいていたなら、修士号取得時に告げるのではなく、今後の彼女の人生を考えたら、もっと早い段階で、助言できたのではないかとそのとき正直、疑問に思った。しかし、これがエリート学者社会のやり方なのだろうか……。

かくして彼女は、博士課程に在籍したまま、新しい自分の道を模索し始めた。NGOに関する勉強を始めたり、米国の大学のサマースクールに通ったり……。

私が休学制度をつかって実家に戻ることも多かったため、彼女とは、一時期ゆっくり話すことも少なくなり、その後の詳細はよく知らなかった。だから、冒頭のように、海外に行くという決意を聞かされたときは少し寂しかった。

「せっかく仲良くなったのに……」

彼女は抜群の英語力を持ち合わせていたが、海外に住んだことはなかったため、海外勤務が可能な進路を探していた。

その後、彼女から、スリランカにある日本大使館で専門調査員として働くことを知らされた。

――なぜスリランカなのか。

彼女は、エーゲ海がきれいなギリシャではなく、最終的にスリランカを選んだ。そこに国際法の勉強を通じて得たものを活かす道を見出したのだ。しかし、紅茶が有名な途上国というイメージしかなかった私には、なぜそこまで彼女がその地へ赴任するのか、当初は正直よくわからなかった。

スリランカは、一九八三年から少数派タミル人と多数派シンハラ人との間で、内戦を激化していた。彼女が赴任することになった二〇〇〇年五月はまだその最中にあった。

なぜ内戦が開始されたのか。一九四八年当時、スリランカは英連邦自治領として独立。初代首相はD・S・セーナーナーヤカ氏。彼は独立以前から、少数派民族であるタミル人排斥活動を積極的に展開していた政治家だったという。同年、セイロン市民権法第十八号が制定され、これにより、インド・タミル人九十万人に対し、市民権を剥奪。翌年には選挙改正法により、選挙権をも剥奪したという。そもそもインド・タミル人は、十九世紀インドから連れてこられた移民労働者であり、古来よりスリランカに居住していたスリランカ・タミル人とは別個の集団であるが、独立当初にこのような政策が実施され、多数派を占めるシンハラ人と少数派のタミル人の関係はここから悪化し始めた。

その後、仏陀の入滅から二千五百年にあたる一九五六年は仏教徒にとって特別な年であり、スリランカの全人口を占める約八割のシンハラ人（ほとんど仏教徒）のナショナリズムが覚醒し、ヒンドゥー教徒が多数であるタミル人との対立は深まった。また、そのような状況下で就いたS・W・R・D・バンダーラ首相は、シンハラ語のみを公用語とする「シンハラ唯一主義政策」を実行。両民族の対立は決定的なものになっていく。

一九七〇年代後半、石油危機によって悪化した経済危機のなか、スリランカ北東部でタミル人青年集団が次々に武装蜂起。その最大勢力がタミル・イーラム解放のトラ（LTTE）であった…。

現在は、スリランカ政府軍とLTTEは停戦しており、二十年続いてきた内戦にピリオドを打つべく、和平交渉が実現される段階にきた。その和平実現のための、スリランカ復興支援会議が二〇〇三年ここ日本で開催されるという。

カレーを食べて、紅茶をいただけるようなのんびりした南国ではなかった。私の友人は、内戦のなか、スリランカに住み、仕事をしていた。今まで国際法の教科書で学んできた国際問題の実態を毎日の生活の中で吸収していたのだった。

彼女は当初から、「スリランカはいいよ」と電話で言っていたが、在住三年目にして今、まさに一国家の歴史に残る流れのなかにいることをとても感謝していた。彼女自身、京大で一年間、就職のための猶予期間を過ごしていたときは、これからの新たな世界への期待と、将来が見えそうで見えない不安を持っていたかもしれないが、彼女はいつもあきらめなかった。どんな苦境でも自分の根を地中にはることを怠らなかった。それが結果的に実を結び、時代の波にのることにつながったのだろう。

彼女は、当初、東京の生活になかなかなじめない私にこう言った。

「誰かの心に残る仕事ができればそれでいいのです」

彼女は肩書きや役職にはこだわらない。草の根レベルで、活動ができることをとても喜ぶ。本当なら、あのまま大学の先生になっていたかもしれないのに。私は、そんな謙虚な彼女の助言を胸に東京生活を再び頑張ることにした。

けして有名になんかなれなくてもいい。たった一人でも誰かの心に残る生き方や仕事ができたらそれはすごいこと。そしてそれは地味だけれど、本当に幸せなことだと思う。このように、私は彼女から、大事なことをたくさん教わった。

そんな『スリランカの友』は二〇〇三年お正月に、スリランカ人とめでたく国際結婚。

そして、私は彼女からまた教わった。

「言葉や文化は違っても、人の心は、ボーダーレスだ（国境がない）」

SHUGYO

4 「学びすと」のあなたへ

「実は……」とある友人からのメール。彼女とは、二〇〇一年秋ある習い事を始めた時からのお友達である。二〇〇二年四月から仕事が終わった後、大学の夜間部に通うのだという。

「わー、素敵じゃない！」と思う私に、次の文章が続いた。

「でも、周りにはまだ言えていないの。今さら、とか、結婚は？　と言われそうで……。」確かに、その部分、よーくわかる。私たちは、もう三十歳。世間的にも結婚するのに早くない年齢だし、独身である二十九歳と三十歳の間でなおのことオトメ心は揺れ動くのだ。

「でもね」と私は返信メールを打ち始めた。


私は『女ほど手に職』という母親の思いもあって、いやいやながら理科系に進んだ。人生に対して甘いのかもしれないが、資格がすべて――と思って通った大学生活はとても殺風景だった。そこで、資格を取ってから、私は「学ぶ」ことにこだわった文系への転身をはかった。二十四歳の時である。文系へ行く私に、非難はあっても、エールはほとんどなかった。それでもめげなかった。けっして経済的には楽でない数年であったし、その後の仕事の給料にとても寄与したとも思えない。しかし、新しい世界と多くの友人、特に文理問わない友人が増えたことは今や大きな財産となっている。

彼女は、昔は勉強があまり好きでなかったので大学には進学しなかった。しかし、社会で働くようになって、学ぶ姿勢の大事さを痛感したという。そこで、未踏の地である大学に行こうと思ったのだ。

「学ぶのを止める時は死ぬ時です」

これは、ある方の生前のお言葉だ。私はこの言葉に尽きるのではと思えてならない。

二〇〇二年は咲き急いだ桜だが、きっと夜の葉桜も、「学びすと」の彼女たちを優しく迎えてくれるだろう。

どうぞ初心を忘れずに！　数年後の桜の満開を楽しみにしています。

5 学ぶという意味～学びすと～

SHUGYO

「ちゃんと勉強しないと、あのおじちゃんみたいになるわよ」

ビルの工場現場を通りすぎる母子。母親は子どもにそう話しかけたという。しかし、そのヘルメット姿のおじさんは、東大卒、デスクワークより現場が好きで、現場に来ていた。

そんな皮肉めいた話を新聞で目にしたのは、もうかれこれ十年も前になる。もっともお受験戦争の激しい東京だけの話と思っていた。

数年前、こんな話をきいた。

「近くで農作業をしていたおじさんを見て、子どもと散歩していた母親が、『勉強しないとおじさんみたいになる』と子どもに言っていたらしい」

農村地帯にも、どんどんマンションが建つようになり、今までのムラ社会とは異なるコミュニティが形成されてきたが、田舎でも時代の流れか、塾ができたり、また、高校ぐらいから都会に出る人もいる。

その農作業のおじさんには、きっときこえていただろう。どんな思いできいたのだろう。

私もかつて、勉強しないと……と、思ったことがないわけではなかった。でも、ある時、いろいろ右往左往の人生を歩んでいると、大切なことに気づかされた。

「仕事には貴賤がない」のである。貴賤があるのは『生き方』だけだ。

勉強ができるのはひとつの個性にしか過ぎない。学歴は一つの尺度でしかない。その仕事や夢を叶えるための勉強も必要だが、本当に知りたいと思ったことを求める知的好奇心の充足こそ〝学び〟の意味だと思う。こういう呑気なことを言っているから私は立身出世や自己保身はうまくないのだろう。しかし、私は、仕事に関係なく等身大の〝学びすと〟であり続けたい。

「文系と理系と行ったから、なんでもわかるでしょう?」

そんなことはまったくない。当初予想していた「複眼的な視点」も培われたのか、まだ答えが出ていない。しいてあげれば、好奇心とあいまって、他の分野への抵抗の壁が低くなった。そして気づけば、様々な経歴の友人・知人が増えたこと。そんなところだ。

京大に行ってよかったことも多かったが、地方の大学より、権威にしがみついている人も正直なところ、いた。自信に満ちあふれている人もいた。知的好奇心を満たしてくれたが、人として魅力的だと思えない人もいた。努力して京大に入りなおした私だが、「何がなんでも東大・京大」というわけではないんだなと学んだ。やはり『人間力』。もう一度会いたいと思わせるような、心に残る人になるほうがステキだと思った。

ところで、冒頭の子どもたちは、今、どんな人生を歩んでいるのだろう。まっすぐな木に育ってくれていればいいけれど、心に毒リンゴが実っていないことをただただ祈りたい……。

第2章

ワタシ流

6 父さんの背中

SHUGYO

「サクラサクやっと終わった私の冬」

これは、私が高校生になった春、朝日新聞（岡山版）「朝日歌壇」に載った私の川柳デビュー作である。まだ、十五歳。若かった。

この時、川柳の心得のある父に、「題はサクラで一句作ってみたがどうだろう」と聞いてみた。すると、句の意味はわかってくれたが、つれない返事だった。

「ふーん」

負けず嫌いの私は、当時こう答えた、と記憶している。

「高校受験がすんだ時だし、学生にしか書けないことだから、字あまりでも絶対載る」

若さ、勢いというものはこわいものである。載ってしまった。しかし、その時、同様に送っていた父の作品は載らなかった。それから気をよくした私は、数回投稿すると、全部載って父は載らなかった。親子入選は果たせなかった。

「親子で載せては、と思われてるんだろう」

真偽のほどはよくわからないが、父は一言だけこう言った。

本当に田舎だったので、高等教育や文化にふれる機会は少なかった。しかし、父は高校の教壇に立っており、国語をおしえていた。小学校に入って少し漢字を覚えた私は、父の書斎にあった問題集をこっそり見つけてはやってみたものだ。当時はまだ幼すぎてたくさん間違えるのだが、新しい言葉を覚えるのがとても楽しかった。

それも高校生向け。おませな私は学年が上がると同時に、文章がよめるようになっていって嬉しかったものだ。それが小学六年生までひそかな楽しみだったと記憶している。

思春期を迎えると、少しずつ父との距離があく。高校で理系に行ってしまってからは、あまり話さなくなった。大学に進学すると、さらに遠くなった。

が、「文系」に進学してから、父との距離がほんの少しずつ縮まっていった。文系出身の父と話が合うようになった。

京大時代の後半は、休学制度を利用していたこともあり、岡山にしょっ中かえっていた。今度は地元紙に投稿してみた。だいたいテーマは、先端医療やヒトゲノムに関すること。これが大体載った。おもしろいことに今度は川柳ではなく、投稿においての親子対決となった。最先端の話題を書いた私のほうが、地方では珍しい存在だったかもしれなかった。

しかし、やはり父にはかなわない。

私が理科系にいき、しばし川柳から遠ざかっていた時、父はその週の最優秀作に選ばれていた。題は「仏」。

「万智さんは仏を何と詠むだろう」

かつて仏を「鎌倉や御仏なれど釈迦牟尼は美男におはす夏木立かな」と詠んだ与謝

野晶子に対し、現代の女性歌人、俵万智さんだったらなんと詠むだろう、と父は詠んだのである。私は恥ずかしながらきちんと短歌、俳句、川柳を勉強したことがなかった。歌というものは奥深く、ひらめきと感性だけでもだめなのだと思った。

それでも、これからも私は歌を詠み、時には何かを「書いてゆく」だろう。かつて弟がこう言った。

「僕はお父さんを見ていて、教師になろうと思った」

かくいう私は、書き続けることが、結局は国語教師である父の背中を見て育ってきた証と思う今日このごろである。

最近、父が冗談めかして言う。

「尚子は僕のライバルだ」

いいえ。違うことぐらい十分わかっている。父は一生、私の師匠なのだから。

SHUGYO

7 そうだ、京大へ行こう！

「なぜ、京大に行こうと思ったのですか」

これは、必ず一度は聞かれる質問だ。無理もない。薬学に行った人間が、なぜ今更法学部へ？　それも京大を目指したのか。

「弁護士として医療過誤を扱いたかったのですか？」

いや、当時、弁護士になりたかったわけでもなかった。それなら働きながら、司法試験予備校に行くほうが効率がいい。「本当はまず自然科学に行き、それから人文学を学びたかった」という人の本も読んだが、当時私には、そんな高尚な考えなども毛頭なかった。

私は岡山県北部の田舎町に生まれた。四季折々の牧歌的風景が日常で、予備校などもちろんなく、受験戦争などなきに等しかった。だから、勉強ができる子は、近郊の市内の進学校に進学する。私も中学時代、市内の高校に行くか迷ったが、一時間に一本くらいしかないJR通学で負担をかけるよりも、地元の高校でのんびりと勉強するほうがいいと、町内の公立校に通うことにした。しかし、今思えばそれが、自分を不利にしたのかもしれないが……。

母校の普通科は三クラス。そのうち理系クラスは文系クラスの女子と合同で、理系の女性は私を含めわずか二人。一流大学進学にはほど遠い教育環境だった。

理系を選んだのは、母の「女性ほど『手に職』」思想によるものだ。明治生まれの祖母も教師、母は公務員。小さいころから女性も働いて当然という環境で育ち、男性からの経済的自立は当然のように教えられてきた。父も教師なので、少なくとも教師になるのは最低限求められる環境にあったが、私がテストで点が取れるらしいことがわかってくると、周囲から医師になることを勧められた。確かに医師という地位、高収入は魅力がある。が、私は本来理系が得意ではないと薄々感じていた。「好きこそ物の上手なれ」というが、理科よりも英語や社会のほうが好きだったし、たとえば田舎を往診する医師になるよりも、もっといろいろ学んで、広い世界や人を見てみたい――そう考えていた。しかし、親は言った。田舎娘が都会の大学に行っても、資格がなければ、結婚して仕事を辞めたらただの人だ、と。確かにそれもそうだ。三十代を目前に、文系出身の友人はキャリアと結婚、出産の間《はざま》で揺れている。一方、薬学出身の友人は復職が可能なことから（晩婚気味だが）、前者のような戸惑いや焦りはあまり感じられない。

しかし、私は医師になること、目指すことに躊躇した。私は人の嘔吐物を見ただけで、連鎖反応のように自分が吐いてしまう。きっと手術も自分のほうが先にまいってしまうだろう。私は絶対医師は向いていないと思った。そこで、妥協案として仕方なく薬学部に進むことになった。私には、当時医か薬しか選択肢があたえられなかったのだ。贅沢な選択だとは思う。しかし私には、過大な「苦痛」の始まりだった。

高校三年生になって、これからという時に、やる気が出てこない。家でほとんど勉強しなくなった。「どうせ頑張っても、夢なんかない。親の敷いたレールをただ進むだけ。この先、決められた男性《ひと》と結婚するだけの人生なのだ、きっと」と思うようになってしまった。

その後私は、岡山大学薬学部の公募推薦を受験した。面接と小論文と書類審査だった。

結果は「サクラサク」。そして、合格通知が届いたのは、クリスマス。なんと粋な演出だろうと思ったのも束の間、あっけなく終わってしまった受験戦争に日々、後悔し始めていた。センター試験、私立大学受験、国立大学受験と同級生は苦しみつつも、志望校に決まっていく。それも、東京や関西の大学に。国立大学に受かったものの、私は一人、岡山に取り残されたような気分だった。「私の一生はこれで終わりなんだな……」毎晩、布団の中で涙した。親のいいなりの私、この意気地なし！　やり場のない怒りを自分の心にためていった。あまりに泣きつづける日々で、目の周りの皮膚がぼろぼろになってしまった。「どうしたの？」と訊ねる母に、自分の心は明かせなかった。私は、その合格と引き換えに、自分の心を閉ざしてしまったのだった。

なかなか現実を受容できない、いつわりの生活は、大学入学後、一年以上続いた。「私が描いた学生生活とは全然違う！」薬学部は四回制で一番タイトなカリキュラムで進行する。二回生の時が比較的楽だが、文学部の人が見せてくれた「忙しいとされるスケジュール」より忙しいくらいだ。今から思えば、サークルで何か趣味となるものをたしなんでおけばよかった。が、当時は、高校の延長のように、毎日同じ面々でだいたい同じ席について教授の話を聞くだけ。その繰り返し。サークル活動など、花の大学生活など私にはなかった。私には「資格」を取る以外、あの大学生活に意味はなかった。

「あー、おもしろくない」

毎春、東京の大学の合格者の胴上げシーンがテレビに映るたび、すかさず消した。そして自分が今ある現実を受容できるよう、無理に努める——そんな毎日だった。その時の救いは、英会話学校だった。ＥＳＳに入ればよかったが、私はどうしても大学生活が好きになれなかった。薬学部の同期で英会話に行く人などいなくて、寂しかったけれど、私は実験よりそちらのほうが下手でも楽しかった。二回生の終わりに、ふとホームステイに行きたくなった。三回生の夏期休暇がラストチャンス。四回生は卒論実習に追われてしまうからだ。三回生になると、午後の三時限まで講義で、そのあとは毎日実験が待っている。夜遅くなる日もあった。しかし、私は「イギリスでのホームステイ」という夢のおかげで何とかのりきれた。心細かったので、友人も誘ったが、ことごとく断られた。薬学で語学に関心をもつ人は、珍しかったらしい。

三回生も終わりに近づくと、春休みは病院実習、そしてそろそろ就職活動か進学かを選択しなければならない時をむかえた。

「やっぱり私はこのままではだめになる」

病院実習にも行ったが、私は薬剤師には向いていない。それに薬学に進学した自分をまったく自己肯定できていない。人生を変えるのは今しかない。親に決められたレールは安定の道だが、やはりこれは変だ。間違っている。

四回生になって生化学教室に入室。ラット生体肝の生理活性物質の活性の研究に従事していた。アットホームだったが、私は自分の殻に閉じこもったきり。

大学院に行けば、最先端の遺伝子解析の研究ができる。それに薬学部も六年制に移行するかもしれず、大学院修士課程を出ていたほうがいいかもしれない。日々自分の心は揺れ動いた。それでも、

「もう一度やり直したい」

という気持ちも日増しに強くなる。

しかし、まわりにそんな前例がない。周囲は、やはり大学院を勧めた。でも、毎日ラットに麻酔をかけて肝臓を取り出す研究に、正直うんざりしていた。

「私はいつかガン研究をして、ガンの特効薬をつくるの！」

という強い意思もない私には、耐え難い日々。

「社会問題に興味もあるし、やはりやり直したい」

はっきり言って無謀だったと思う。私は特に有名進学校を出たわけでない。実習中にある先生から、

「へえー、中川さんて郡部の高校から来てるの？」

と言われたり、研究室の同輩にも「山奥」と田舎者扱いを受けていたくらいだから。

でも、いつも不安を持ちつつも、私は、就職活動はいっさいしなかった。友人や同期が、就職や進路を決めると取り残された気持ちになったが、今までの辛さにくらべたら……私は「今度こそ自分の人生を自分で決めたい」と思っていた。自分で選んだら、もし落ちたって後悔はない。しかしなかなか進路は決まらない。法学部の編入学があるのを知ったのは、願書申し込みの二日前。次の日、願書を出しに京都へとんで行った。そんなわけだから、何を勉強していいのかわからず、そのまま受験しに行ってしまった。

当然の不合格――。でも、くじけなかった。まずは、卒業論文実習と薬剤師国家試験をきちんとパスしよう。それから浪人してでも、がんばろう。

岡大を卒業してから、私は上洛した。

薬剤師国家試験の合格がわかり、私は個人病院でバイトをし、合間は英会話学校に通い、あとは家で勉強した。薬剤師という職を得たものの、私の進路はまだ不透明だった。岡山から、よくない声も届いた。皆、薬学に誇りをもってやっている。なのに、私はそれを捨てて、もう一度やり直そうとしているのだから仕方ない。でも、私は

「私」。十八歳の時に止めてしまった心の時計をもう一度動かすには、この方法しかないと思った。それでも日々不安の波が押し寄せてきて、本屋に行って、生き方の哲学本を読んでは自分を励ました。同期たちは、地味な学生生活から一変、海外旅行を楽しんでいたりする。私は服もろくに買えず、生活費と学費を稼いで、勉強する日々。いつになったらこんな日々から解放されるのだろう――。

でも「やるっていうことが大切なんだ」、そう言いきかせた。

京大法学部の編入学試験は、当時、二つの外国語と論文二題で、私は英語、独語を選択した。たしか十二月あたりに試験があった。どういう基準で評価されるのかわからないが、とにかくこれを逃したらもうあとがない。私は無鉄砲な人、どうせ田舎者だから受かるはずないじゃない――そう、笑われる……。

そして編入学試験の当日。

「受けられるだけ幸せ」

この開き直りがよかったのか、語学が思ったよりできた。受験者のほとんどは、文系。英文系の人たちに歯が立つはずがない。理系がしみついている自分をシャットアウトして、文系になりきって受けた。苦戦したのは、勉強を通じても、論文。論理的に書くことだけに集中した。私の時は、まずある文章をよませてから、あるテーマで書く問題と、国際政治に関する問題だった。高校時代、日本史も世界史もろくに勉強していない私だが、なんとか形にした。

しかし、合格発表の日が近づくにつれて不安になる。できたと思ったけれど、落ちてたらこの先どうしよう……。

その日はいやおうなくやってきた。ポストの中の茶封筒——手に取ると、去年より少し厚い気がする。すかしてみると……。そして開封すると……。急いで実家へ電話した。

「あらら」父はそう言った。たぶんずっと理解者でいてくれた父も私は無謀と思い、本当に、期待などしていなかったのだろう。

無理もない。私も目指してきたとはいえ、実は驚いていた。でも、周りから冷たい視線をあびようが、本当にあきらめずにやってきてよかったと思った。

もちろん、周囲の協力あってのことだということも忘れてはならないし、たいへん感謝している。

そして、その後、岡山時代の私の卒論が、ショートペーパーだが、海外の学術誌にパブリッシュされたと報告を受けた。研究室の方にもたいへん感謝している。

今、進路で悩んでいる人がいるなら、回り道をしても必ず思い続けて努力してほしい。私は五年かかったけれど、あきらめなかった。

人は可能性の生き物。十八歳や二十二歳で人生は決まらないと思う。あきらめた時に何もかもストップしてしまう気がする（もちろん価値観にもよるが）。

また、私は自我に目覚めるのが遅く、親の価値観によって与えられた道を歩むことが、子どもとして正しいと思っていたのだろう。自分では「何か違う」と思いつつ、結局、自分の殻を破るまで、五年かかったわけである。

京大に入って私は、みるみる変わっていった。京大だったからというのではなく、自分で自分の道を開拓していったことが、何よりも自分の自信となった。初めて自分を肯定し、自分を確立していけた。人とは違う生き方も、自分にはイバラの道で、京大だからバラ色の人生が待っているわけでもなかった。劣等感も味わった。東京や関西の有名進学校出身の人をうらやましく思ったこともあった。親が海外勤務だった帰国子女と言われる人たちもうらやましかった。農村部出身の私には、ハンディキャップがたくさんあった。

それに、今までの過酷な受験戦争を勝ち進んできた人たちと違い、のんびり田舎で生きてきた私は、競争社会には向かないことも分かった。でも、それでよかったのだ。私は自分で、自分の道を歩いて知ったのだから。

学歴は変えていけることも学んだが、私にとって京大への挑戦は、自分の心との闘いだった。人からみたらただの変人だろうが、私は自分を取り戻し、また自分を見出した。

都会の受験戦争の挫折で、引きこもりになった人の話を聞いたが、「負けないで」と伝えたい。勉強したくても、農村部では限界がある。あなたたちの今いる環境は、決して悪くないよ、と。人と比較するから自分が傷つくことに耐えられなくなると思うが、不合格はいつか合格に変えられる可能性がある。浪人は敗者ではない。人生は勝ち負けではなく、どのように生きるか、だ。

自分の殻を破るまでは、心の葛藤がひたすら続く。でも、本当に自分の気持ちと現実が一致したとき、それまでの苦悩は一気に解消される。また、新たな問題が違うかたちでやってくるが、それでも、そこで培った心の成長は、自分にとってかけがえのない財産となる。

私は常に学歴を変えたかったわけではなかった。「自分」を変えたかった。それがたまたま私の場合、「そうだ、京大へ行こう」だったのだ。

8 ラ・花嫁修行

SHUGYO

「今までこんなことなかったのに、最近紅葉の色の移ろいをとてもきれいだと思うようになりました」

その人はそう言った。紅葉か——。私は、秋になると、岡山のふるさとの紅葉の山々と、旭川市にある三浦綾子さんの『氷点』の舞台の林を一人歩いたことを思い出す。筆舌に尽くし難い思いを伝えたく、落ち葉を数枚、主人と親友に旅便りとともに送ってしまったほどである。

しかし、京都に数年住んだにもかかわらず、京都のサクラへの感動はもちろん、秋への感動はむなしいほど薄っぺらなのである。なぜなら私は秋になると、「花嫁修行」にせっせと出かけていったからなのだけれど……。

朝七時——。寝起きの悪い私は、眠い目をこすりつつ、ほとんどスッピンのジーンズ姿で、バスに乗り込んだ。

「これから体力勝負が待っている……」

いつも眠気半分、緊張・恐怖感半分だった。体力勝負の花嫁修行とは——。フィニッシング・スクールに通って、お嬢さん的花嫁修行をしていないことはわかっていただけるだろう。

「おはようございます」

さあ、修行場に着いた。私は一番年下。「先生」も揃っている。

私の「花嫁修行場」は、京都は北区にある老舗の料理屋。精進料理で、お客をもてなす。五百年有余も続いていて、それも一子相伝《いっしそうでん》を貫いているという。私はどうもその遠縁にあたるらしく、時折、お手伝いするようになったのだ。

いつもは簡単なものしか料理をしない私にとって、伝統料理のお手伝いは衝撃の連続であり、失敗の連続だった。といっても、料理方法は企業秘密。私は掃除や盛り付けが担当だった。

マンション暮らしが久しい私にとって、和室の畳の掃除や長い廊下のぞうきんがけは、実家を思いだし、ときとして新鮮だった。日本庭園の落ち葉拾いもした。しかし、物事はほどほどに。

「まだ、やってるの。早く来て！」

周りの「先生」のスピードになれるまで、時間がかかった。

盛りつけも一苦労だった。いかだごぼう（ごぼうの天ぷら）、湯葉、犠牲豆腐、大徳寺麩※など、ふだん聞き慣れない料理と、盛りつけのルールを覚えなければならなかった。

私の「先生」はそこで働く五十代前後の主婦のおば様方、やはり「主婦」は手際がいい。

だいたい、午前十一時をまわると、炊事場も少しずつ殺気立ってくる。いよいよ

※商標登録　登録第1433886号

「お客様」がいらっしゃる。観光客もいれば、たとえば『家庭画報』の香りのするマダムや著名人、京大の先生、茶道の方々などなど。

そして、こちらは、お客様を出迎える人、おうす（お抹茶）を準備する人等。いよいよ始まると、あとは記憶がない。不慣れな私は、「先生」のあとをついて、「おうすと和菓子」を運ぶ。敷居は踏まず、右足から入り、畳に座るお客様の前で、三つ指立てて「おいでやす」。私は、このために少し茶道を習ってみたりしたものだ。

さて、お客さまのお食事が終わると、洗いものの時間。これがまた大変なのである。なぜなら、ほとんど食器類は「うるし」だからである。洗剤は使わず、お湯と和手拭《てぬぐ》いで汚れを落としていく。そして、またタオルで、指紋がつかぬようきちんと拭いていく。すべて手作業だ。これが一番、私にはもどかしい時間だった。だから三、四時くらいにやっと訪れるお昼ご飯は、私にとってまちにまった至福のひとときだった。

そして終了するのは、だいたい十九時を回っていたように思う。気がつけば、もう外は真っ暗。紅葉も月夜の影と化している。

「お疲れさん！」

今日一日のお給金をいただく。体力仕事だから、お金を稼ぐのは本当に大変なのだと気づかされる時だ。

本当であれば、母からもっと料理などを学ぶべきなのだが、一人ぐらしの私はその機会には恵まれなかった。しかし、十人以上の「先生」に恵まれ、私は特殊な花嫁修行（春・秋限定）を少なくとも二十五〜二十七歳の三年間、経験することができた。

「先生」たちはお元気かしら。「先生」たちの笑顔が懐かしい。

ようし、今度こそ、京都の紅葉の中を歩いてみよう。紅葉の微妙な色の移ろい、そして人の心の機微がもう少しわかるように。

私の花嫁（？）修行はまだ続いている。

SHUGYO

9 初めて入院物語

「青汁を見たら、中川さんのこと思い出すわね」

そうほほえんで病院をあとにされたあのおば様、今ごろどうされているだろう。

私の退院も数日後と迫ったある日、その方は先に退院された。私の初めての入院。不慣れな私をあたたかく見守ってくださった方。予想以上のお花に囲まれ、主人の献身的な看護と愛情に包まれ、そして、医療スタッフにも恵まれ、順調だった入院生活だった。彼も指摘するように「あの方がとてもいい方だったから」入院生活も、精神的に心地よかった。

その方は、私より先に入院されていた。

「夏に入院したのに、もう九月ね……」

私の入院初日は、二〇〇一年八月下旬、空も夏色がだいぶあせた感じがしていたころだ。

私の手術はその二日後、行われた。前日から、和式寝まき、腹帯、T字帯等を買い、夜の食事や水の摂取も制限された。

「いよいよだわ」

私は良性と言われているし、婦人科の手術としても楽なほうだと聞いている。大丈夫と自分に言い聞かせつつも、友人に手紙を書いたり、電話する自分がそこにいた。

翌朝——。朝六時の起床から、緊張していた。前日はちゃんと寝ていたほうがいいと判断し、睡眠導入剤を一錠服用していたせいか、寝不足ということはなかった。

注射を打たれ、いよいよ手術室への移動だ。——子宮内膜症だという。最近、若い女性に多い病気で、かの宇多田ヒカルさんも同じ病気で手術して、一時期話題になった。

社内検診で五月中旬に判明したが、兆候はあった。二、三月と、とにかく眠れない、眠れても浅く、疲れはたまっていた。特に四月、疲れはピークに達していた。体重も増加したのに、周りからやつれていると言われ始めた。それでも出張をこなし、久留米市への出張に向かった。久留米では、連日マッサージと針に通った。婦人科系のツボを刺激してもらおうと思ったからだ。

「血の流れがよくないかもしれないね」

鍼灸師の先生がそう言ってくださった時には、もう身体がSOSを出していたようだ……（しかし、通常は自覚症状はないといわれる）。

——手術室へと向かう台の上で、私は今までのことを思い出していた。

「ちょっと刺激ありますよ」

左腕に、麻酔薬が注入されていく。確かに刺激が……。しかし、その後、私は記憶が途絶えた。

「中川さん！」

その声でもうろうとしつつも目をあけると、若い女性医療スタッフらが、ベッドに横たわる私を囲んでいた。どうやら手術は、順調に二時間ですんだらしかった。これから、エレベーターに乗って病棟へ帰るようだ。

しかし、こそこそ声が聞こえた。

「クマのぬいぐるみも来たんだ」

「ちがうよ、アイピロー（目枕）だよ……」

どうも迎えの入院用ベッドに、クマのアイピローが乗って迎えに来てくれたらしい。

「デパートでパジャマ買ったら、ついてきた！」

情けないことに、これが私の手術後、第一声。しかし、また、眠りについたようだ。皆の笑い声に包まれながら……。

そんな調子だからか、術後だというのに、食物の夢ばかり見た。必ずどこかのお店に連れて行かれ、極上の料理が出されるのだ。しかし、食べたら、今食べたら死んじゃうと思って目を覚ます、この繰り返しだった。というのも祖母のいいなずけは、手術後、亡くなったらしいという話を覚えていたからだろう。

しかし、目をあけて、「生きていること」がとてもうれしかった私は、主治医が見に来てくれた時、開口一番、「お腹がすいたので、早くおいしいものが食べたいです」と答えた。

「僕は百人くらいみてきたけど、そういう患者は二人目です」

主治医はあきれていたようだ。

なぜなら、術後はそんなに甘くなかったからだ。二日目、私は術後の発熱に苦しんだ。三十八度五分から下がらない。身体もろくに動かせない。点滴は絶え間なく続き、尿管もある。そう、スパゲティ人間になってしまった。そして氷枕に、冷却ジェルシート……。昨日の元気などほとんどなかった。

「中川先生、どうだ?」

主治医たちが来てくれるが、

「もう、あきまへん……」

と声も絶え絶え……。「もう好きにしてください……」蚊のなくような声で返答するのがやっとだった。

「坐薬（熱冷まし）入れますか？」

しかし、薬は極力使いたくない私は、拒んだ。

「深夜、どうしてもだめだと思ったら、その時はお願いします」術後の熱なら、いずれひくだろうと考えた。

目覚めると、翌朝。三十七度まで下がっていた。それから、順調に回復していった。腸もちゃんと機能している。すると、今度は、お通じはどうかと言われる。そして結局、下剤を処方してくれた。しかし、下剤はどうも抵抗がある。ちょうど断食もしたのだし、腸も比較的きれいな時のはずだからと、ずっと愛飲していた「青汁」を飲むことにした。下剤のような即効性は期待できなくとも、自然でいられると思った。しかし、度々、「お通じは？」と聞かれた。

次の日、「結果」が出た時、何人かの看護婦さんが、「どこの青汁？」ときいてきた。その時、同室のそのおば様も興味をもたれ、問い合わせ先を聞いてこられた。とても話し言葉のきれいな方だった。

彼女も、私が回復してくると、いろいろなお話をしてくれた。年齢差はあれど、患者同士、共有意識が芽生える。

その方との一週間ほどの共同生活は、私に人生の課題をくださった気がした。本当に人間の身体には寿命があって生命は有限であることを実感した。

「本当にやりたいことをやっておかなきゃ！」

その方の退院する二日前の夜、涙が流れ出した。今まで病気と言われても、「絶対またいいことあるわ」と、入院待ちの三カ月、特に泣くことなどなかった。しかし、きっと自分の心の中に、ふれようとしなかった開かずの扉があったのだろうか。気負う自分に疲れたのだろうか……。一度だけカーテン越しに涙する夜を過ごした。

その方が退院されて、私はその方のいた窓側のベッドに動かされた。大きな窓から青空を流れる雲をただただ見ていた。

「上京してから、空を見ることがなくなった」とは、ある人の言葉だが、いつからだろう、こんなにのんびりと空の雲模様を眺めているのなんて。小さいころ、父親の車の助手席に寝ころんで、空ばかり見ていたっけ。

あの方もこの空から窓を眺めて何を思ったのだろう——。

そして九月七日、私はいただいた多くの花と一緒に、無事退院した。
ふと気がつけば、季節感のない街もほんのり秋色を恋しがっているようだった——。

SHUGYO 10

お麗しの結婚！

いつか白馬の王子様が迎えにきてくれる――。そう思ったこともないわけではなかったが、現実はもっとシビアだということが悲しくも年を重ねるごとにわかってきた。と同時に、三十という数字が見えてくると、まだ落ちつきたくないという自分と、三十までには何とか落ちつきたい自分が、まるで天使と悪魔のように出てきて、私を困らせる時期があった。しかし、人生とは面白い。「三十歳になったらお見合いで相手を決めよう」と心から思うと、どうも私のようなものでもいいと言ってくれる男性が現れ、「結婚もいつでもいいわ」と思い始めると、結婚が現実的なものとなった。友人が口々に言った「期が熟す」ということが、実感できるようになった。

「物事は焦ってはいけない。なるようになる。だから前向きに――」

三十歳まで数カ月となった二月に、とうとう「その佳き日」を迎えることになった。そんな折、義父から、ある助言が届いた。結婚式に対する助言である。ホテルなどによくある「○○家」「△△家」といった表示は控えてほしいという。そして、後日丁重なメールが届いた。それによると、ご両家という表示は、第二次大戦前の家思想の名残であり、結婚は家がするのではなく、二人の個人のものだという。そして、その名残は、女性の社会進出を妨げてきた、とも。もちろん、親同士も親族もこれから付き合っていくと付記されていたが、義父からの温かいエールがそこにあふれていた。

女性の社会進出を阻む一因が、結婚時から始まる。男女平等といいつつ、結局は女性に多く負担がふりかかる。もちろん、さまざまな家庭のあり方があるわけで、「私は主人に夕食を作って毎日迎えてあげたいの」という女性の生き方があってもいい。しかし、女性の社会進出を阻むことが、○○家という表示にすでに無意識に潜んでいることを義父母は教えてくれた。少なくとも私はそう思った。そして、その「〇〇家」表示を、お互いの個人名にすることで、二人で頑張っていってほしいとエールを送ってくれた。そうやって、大学の教壇に立つ義父母は、何組もの教え子の結婚式の仲人を務めては、教え子の門出を祝福したという。

私たちは、そのエールに見送られ、「その日」、ホテル側に、個人名で『結婚の祝い』を添えて表記してもらい、無事、式を終えた。家族だけのアットホームな会食に、義母が絵本『１００万回生きたねこ』を読み聞かせしてくれた。１００万回生きたオス猫も最後に真っ白いメス猫に出会ってから、もう二度と生き返ることがなかった。

「二人もそうあってほしい」

義母の澄んだ声が心にこだまする――。

SHUGYO 11

不思議な葉っぱ

私の今の楽しみの一つ。それは、ある葉っぱを育てていること。少し丸みを帯びた葉っぱとスマートな葉っぱ。ガラス皿を二枚買ってきて、毎日水に少し浸している。葉っぱの横からは芽と根が次々と出てきて、スクスクと育っている。殺風景な私の東京暮らしのひそかな楽しみであり、癒しである。関西に住む同郷の親友が仔猫を飼うようになってから、「クーちゃん」（仔猫の名前）のことばかり言ってくるけれども、その気持ちがすごくわかる。私は葉っぱに名前こそつけていないけれど、人いちばい愛着がある。いずれその葉っぱも、いくつもの芽が育ってくると元気がなくなってくるらしいけれど、この青々とした葉っぱと若芽を見ていると、「無言」で「生きる力」をおすそ分けしてもらっている気がする。

この不思議な葉っぱは、京都でもらった。

二〇〇二年二月の結婚式を終え、京都での二次会のために、上洛した時だ。翌日、親戚宅へ立ち寄った時、お姉さんが渡してくれた。お姉さん宅でも、すてきなアンティークのガラス皿の中で、不思議な葉っぱは青々としていた。

「子宝弁慶というらしい」

その名からして子宝に恵まれるよう、母から嫁ぐ娘に渡されのだという。南の島でそう言われてきたらしい。雑貨店では、「マザーリーフ」「ミラクルリーフ」として売られていたとも。

初めは半信半疑。いつも鉢植えなど枯らしたり弱らせてしまったりしてきた私。大丈夫かと少し心配。しかし、いただいて帰京してから二週間くらい経ったころ――。

「あ！」

本当に小さな芽が出ている。葉の横の部分から、ほんのちょこっと。昔、小学生のころ、朝顔やひまわりの種を植えて、小さな小さな芽が出てきた時のあの気持ちを思い出した。しかし、確かに、都会での忙《せわ》しない生活で疲れきった心に、きれいな水が流れていった。

そして朝も夜も、私の住まいの〝同居人〟にあいさつする。言葉にもしないし、声にも出さない。ただ、朝も夜も、様子を窺う。〝相手〟も無言。しかし、〝同居〟してから、嫌なことも減った気がする。

どうもこの不思議な葉っぱとは、相性がいいらしい。

SHUGYO 12

雨音はショパンよりも好き

あ、降り始めたか――。雨音がかすかに聞こえる。少し寒かったのはこのせいか。週末、少し夜更かししていると、雨音が聞こえてきた。読みかけの本をそっと置いて、手を頭の後ろに回して、そのまま仰向《あおむ》けになり、ただ目を閉じた。

通勤日の朝、雨が降っていると、とてもブルーになる。梅雨のころの湿り気の多い日々も、うんざりしてしまう。しかし、週末の、特に金曜の夜に降り始める雨は、実はとても気に入っている。たぶん明日の土曜は朝寝するだろうと夜更かししているそんな夜に、ふとザァーという雨音を聞くと、なんともいえないほど切なくなる。それまでかけていたお気に入りのショパンのCDを止めて、寝転んでは瞑想にふけるのである。

ふるさとでも京都でも、ここ東京のマンション暮らしでも、私は、雨音を聞くと、なんともいえない気持ちになった。目を閉じて、心に雨が降るさまをじっと見る。忙しなく余裕がなくなった自分に、まるで恵みの雨が降っているかのように――。雨音は、私のつかれた心をリセットしてくれる。雨が、乾いた心を濡らしていく。

目覚めれば、もう雨はやんでいた。時計の針はもうお昼。私は潤った心とともに、少しあくびをしながら、週末の自分を取り戻す。

私の好きな週末の雨は、そうやって気まぐれにやってくる――。

SHUGYO 13

月末婚

「もう秋だというのに、今日はむし暑いね」

「ほんまやなあ」

ありふれた他愛のない会話。それ以降、特に会話もないまま、時間だけが過ぎる。

――私たちは二〇〇二年二月に結婚。それからはや半年が過ぎた。しかし、私たちは東京と京都の遠距離結婚、つまり別居のままだった。そして私は、法律上、パートナーの姓を使い始めるが、手紙のやりとりでは今も旧姓を使う。別にお互い冷めているわけではないが、お互いの生き方を尊重する形をとったら、こうなった。かつて週末婚が流行ったり、数歳年上の科学者夫婦が別居してメールで連絡を取り合っていると聞いた当時は、しっくりこなかった。しかし、今、私たちは週末婚ならぬ「月末婚」を続けている。

お世話になっている人たちに結婚を報告した時、保守的だと思われる親世代には軒並み、「別姓にするんでしょ」と言われ、逆に戸惑った。そして「別居です」と言うと、「私もかつて別居婚をお願いしたら相手に断られた」と数人の年配の女性たちにうらやましがられた。それだけ時代は変わったのだろうか。私の自由度の高い生活は周りの方たちの支援あってのものだし、時代が助けてくれた感が強い。

しかし、ふと横を見れば、パートナーがいて、ただ相づちうってくれるだけなのに、そのほのぼのさがとても心地よいのだ。俵万智さんが『サラダ記念日』（河出書房新社刊）の中でかつてこう詠んだ。

「寒いね」と話しかければ「寒いね」と答える人のいるあたたかさ

時代を先取りする結婚スタイルの私たちだが、やはり幸せのひとときは、ごくごく自然で、そしてたぶん昔と変わらない。

註：その後、パートナーも上京、同居している。おかげさまで、ほのぼのとやっています。

第3章
ステキなひとびと

SHUGYO 14

美しき言葉

あなたにとって美しい言葉って何ですか。

上京して二年目の秋、私はふと日本語を学びたくなって、都内にある「美しい話し方」という教室に通いはじめた。本当は英語や仏語を学びに行ったほうが、仕事には役立つ。しかし、あえて日本語にこだわったのは、素敵な言葉を覚えて使いこなしてみたかったからだ。

講義は、何回か分を三人の先生で進められた。日本語の素敵な表現を学べるかと思ったが、そういう個々に使われるような技術的なものではなく、日本語が存在する意味や価値などを学んでいった。

「挨拶って何ですか」

単純な質問に答えられない。

「『可愛い』ってどんな可愛いなの？」

最近若い人は何をみても「可愛い」といってしまうが、日本語には、その状態につき、さまざまな表現があるという。確かに、私は好んで「素敵」という言葉を多用するが、素敵にも色々ある。マダムの放つ素敵さもあれば、若いスレンダーな女性の素敵さもある。花鳥風月のこの国にしかない多種多様な微妙な表現がまだまだあるはず。もっとも先生方は、それは学ぶものではないといわれた。いいと思うものは、見て盗め、なのである。日頃の生活の中でアンテナを張って語彙を溜め込むといいと教えてくれた。

男性の先生は、ある時面白いことを教えてくれた。男同士、語尾に「候（そうろう）」とつけてやりとりすると、普段はいえないような恥ずかしいことも言えるらしい。思わず「恥ずかしいようなことって何ですか」と聞き返してしまったけれど。

自分の言葉遣いが洗練されたかどうかはわからない。しかし、当時、単身生活で、言葉を話すこと自体が減っていることに危惧を感じていたが、その不安は少し解消された。言葉は、環境と自分の意識でどうとでも変わるように思えた。

その教室はたった三カ月で終わってしまったが、何気なく先生たちの日本語を聞いていただけなのに、色々な人の日本語が、どうもきれいでないと思うようになった。

あれから一年。私は「美しい言葉」の意味が本当に分かってきた。当時、素敵な表現が学べないといって、途中から教室に来なくなった方もいらした。私も当初は同じで、「お金も払ったのに」と思っていた。

しかし、きれいな日本語を聞くと、心が潤うことに気づいた。そして、日々いただく連絡を見ていて、それぞれの人の言葉があることにも気づいた。その中には、いつも丁寧なようで心がこもっていないと思う文章をいただくことがある。もったいないことだ。空々しくしか受け取れないのである。この人はなんでだろうと思っていたが、どうも心がこもっていないのである。

「言葉は大事なんです、心を表す鏡だから」

それはある女優の言葉――。女優のように綺麗ではなくとも、言葉（心）くらいは美しくありたいもの。言葉を丁寧にしなくても、相手を思い遣る気持ちがあれば、自然と心ある美しい言葉がでてくる。その人なりの表現であるから程度は異なるが、それでも丁寧な言葉になるだろう。

心が潤えば言葉も潤い、心を磨けば言葉も磨かれる……そう思うのは、私だけだろうか。

さて、あなたは今日、何度、美しい言葉を発しましたか？

SHUGYO 15

駅のおじさんのように

「こんなことがあったんですよね」

綺麗な声の日本語の先生は、そう言って話を始めた。千葉県の浦安に仕事で通っていた時の話。駅前の警備のおじさんが、行き交う人に必ず挨拶してくるらしい。

「初めはどう返していいのかわからず、戸惑いました」

いつも朗らかで素敵な先生も、あまりの唐突さに少し困惑気味だったと話した。しかし、そのうち溶け込んで言葉が交わせるようになったという。

それにしてもその駅のおじさんは、どんな人なのだろう。ふるさとの田舎だと、小学生時代、きまって通学路のおじさんやおばさんに挨拶をした。しかし、岡山、京都、東京の都市では、通りすがりの人は誰か全く知らない。落とし物をしても無視していくようなそんな人と人とのつながりが希薄な往来。こんなご時世に、首都圏で誰にでも挨拶をするような人がまだいるのだと思うと、なんだか心が温かくなる。そしてその話を聞いてから、私も会社の清掃の方や官公庁に出入りする際の警備の方にも笑顔で挨拶するようになった。全然名前も知らないし、肩書きだってない方かもしれないけれど、一日中ビルの清掃や警備をしてくれている。そういう方がいるから、私は仕事ができる。安全が守られている。

上京してどちらかといえば都会人ぽく無表情になっていた私だが、そのおじさんの話を聞いてから、少し勇気を出して挨拶するようになったのだ。

その後、二〇〇一年十二月十五日付の朝日新聞の「声」欄で、私は思いがけない「再会」をした。たまった新聞を年末に片付けていた時だ。「声」欄をたまたま見出しだけチェックしていた。アマチュア記者は時として、鋭い視点を与えてくれるからだ。

投稿者は浦安の主婦の方で、高校生のお嬢さんが、駅前の挨拶をするおじさんの話をし始めることから「記事」は始まった。おじさんの「今日は早いね」。その言葉から始まったコミュニケーション。今どきの高校生は携帯を持ってメールでチャット（おしゃべり）する。私たちの世代だって、メールで言葉を交わす。会うよりも、メールでなら本音が言える時代。しかし、そういう心のふれ合いに飢えた時代だからこそ、おじさんの「今日は早いね」は新鮮であると同時に、温かい気持ちをもたらしてくれるのだろう。

クリスマスにはそのおじさんにみんなでプレゼントをする計画があることを記して、締めくくってあった。

その時、おじさんはどんな顔をして喜んだのかな。おじさんの毎日の何気ない挨拶で、何人の人が励まされ、元気になったのかな。

お会いしたことはないけれど、きっと今日もどこかでおじさんの心の向日葵は行き交う人を照らしている。

SHUGYO

16 「花」から「華」へ

とうとうお会いできた。それは憧れの女性の一人、加藤タキさん。

「よろしくお願いします」

うそでしょう？　上京したからといって、そんなに素敵なひとにばかり会えないはずだ。しかし、目の前には憧れの加藤さん。すっとした綺麗な顔立ちに、洗練された身のこなし。若い女性がどんなにいいものを着飾っても、絶対かないはしない、堂々たる風格。十一月のとあるパーティーでのほんの一瞬のご挨拶なのだが、私の瞳には見える画面すべてが、一秒ごとのスローモーションだった。

私の記憶が正しければ、二十代半ば、加藤さんのインタビュー記事が一つの転機となった。

「若いうちに一流のものを見るべき、そうすれば何がきても動じなくなる」

当時私はまだまだがつがつした女性。化粧なんて必要ないわ、お洒落なんて勉強には関係ないわ。肩肘はって歩きつづけるような女性だった。しかし、その言葉に出会ってから、私は、美術館やクラシックコンサートに行くようになった。かつて母がクラシックコンサートによく連れて行ってくれていたが、私は幼少から男勝りで、クラシックなんてださいと思っていた。しかし、かつて銀座のあるセミナーでフランソワーズ・モレシャンさんが「五歳のころまでに子どもを美術館などに連れて行きましょう。思春期に何をいってもだめ。しかし、また二十五歳を過ぎたころから、小さいころみた綺麗なものに戻ってくる」と言ったのは、本当なのかもしれない。私も二十代半ばを過ぎてから、暇をみつけては、クラシックコンサートや美術館に通うようになった。

「大事なものは目に見えない。だから、『感じる』のよ！」

ある時知人にそう言われた。そう、感じることが大事なのだ。

私は本当に暇を見つけては、美術館や人の話を聞きに行き、人の集まるところに行くようになった。

「素敵な女性になりたい」

この二十代をふり返って、私は、岡山、京都、東京と東へ移行していったのだが、タネを蒔《ま》きつつここまでやってきた。「花」はいつ咲くのだろう。私は、今、地中に、根をはる時期にある。

「花の命は短くて、苦しきことのみ多かりき」とは有名な林芙美子の言葉（『放浪記』新潮社）だが、人の花は本当に短いのだろうか。花は心を和ませるが、いずれ醜《みにく》くしぼんでいき、やがて枯れる。花との出会いはそう長くはなくて、だから、私は花を愛する。植物学的にいうと、花は、受粉が行われると散りやすい。女性も子どもを産むと、花が枯れるのか、初々しさがかけてくるように思う。いずれ私もそうなっていくのだろうか。

しかし、私はある朝、普段つけないテレビをつけながら食事をしていた時、ある女優の言葉が耳に飛び込んだ。

「女性としていつがいちばん綺麗だったと思いますか」という男性の問いに彼女はこう答えたのだ。

「十八歳の時が身体としてはいちばん綺麗だった。でも、離婚など人生の酸《す》いも甘いも経験してきて今（四十代後半）が女性としていちばん綺麗だと思う」

女性を花にたとえるなら、いずれ枯れるのではなく、いずれ「華」になるのだろう。「華」という字には、虚飾という意もあるが、私は、大人の（精神的に成熟した）女性にしか出せないものが「華」だと思う。大人の男性には、身体的若さの「花」ではなく、傍にあるその「華」にいわずとも気付いてほしいと思ってしまう。

そして、雨ニモ負ケズ、風ニモ負ケズ、今日も「華」になれるよう、私は地中の根に、人生の肥やしと心のうるおいを与えていこう。

SHUGYO 17

ハマ・ジェンヌ

彼女は横浜に住んでいる年上の自称エッセイスト。

「読んでみて」

と渡された同人誌には、短いエッセイ。題は、

「フィフティ・ギャル」。

とにかく、五十路《いそじ》になんて全然見えない。私より数歳上のお姉さまという感じ。文学をこよなく愛し、すてきなモノはすてきというその素直なところが、彼女の魅力。

時にネクタイにパンツスーツの着こなし、小柄ながら、スタイルも素敵。スポーツジムにも通っているという。それも六十歳になったら、真っ赤なスーツを着て、街を歩くのが目標らしい。

どんな目標であれ、目標のある生き方をする人は年に関係なく美しい。

「年の差をこえて、これからもお付き合いを」とは彼女からのメール。

私には比較的年齢の離れた友人、知人が多いが、そういう方々は決まって言う。

「若いあなたから、学ぶものはいっぱいあるわ」。でも誤解しないでほしい。私が立派なのではなく、私の発展途上の青い部分を、成熟した彼らは懐かしく見ているのだろう。でも、私に「会おうよ」と言ってくる年上の人は本当に気が若い！

「年を取るたび、肌は衰え、髪はロマンスグレイになる。しかし、時々瞳が輝いている人に出会うんです」

私は、いろんな人に会う度に、そんなことを感じるようになった。顔は化粧でごまかせても、瞳はごまかせない。

「中川さん、○○くんがね……」

パートナーを、くんづけで呼ぶ彼女の瞳は、私なんかより断然純粋。かと思えば、お嬢さんのことになると、母親の顔になる。娘の成人式のことになると、母親の顔になる。娘の成人式のために着付けを学んだというのも、他のエッセイで知った。

「結婚式は、娘への卒業式です」

娘さんの結婚式に向けては、彼女はそういうメールを送ってきた。私の母はどう思ったのかしら……。

私の友人たちも、彼女を素敵な女性と絶賛する。

「アンネ・フランクはこんなこと考えてるなんて思わなかったのね」

ランチに行く時に、彼女はそう話し続けたことがあった。文学少女のように、瞳を輝かせつつ、物事を鋭く捉えて……。電車の中で読む文庫のカバーは、きれいだったからと花の絵のカレンダーで代用。日々のささいなところにさりげないセンスある気遣い。素敵な女性になるヒントを彼女は無言で教えてくれる。

それが、私たちが憧れるハマ・ジェンヌ。真っ赤なスーツ姿を期待しています。

SHUGYO 18

窓口の母

「よぅ、来てくれはったなぁ」

上洛する私が必ず寄る場所がある。お会いする人がいる。京都で過ごした数年、彼女の笑顔や優しさに助けられ、東京都民になってしまった今も、時折電話したり、手紙のやり取りを欠かさない。

私が話しかけると、とにかく笑い上戸となり、笑いが止まらない。そして、私も調子にのって、また笑わせようとする。ただそれだけなのだけれど、なんだか彼女と話すと嫌なことを忘れてしまう。細い目の目じりをめいっぱい下げて笑う彼女の笑顔は、いつも心に刻まれている。

京都大学法学部の門を叩いて入った方なら、たぶん少なくとも記憶の片隅にあるだろう、そんな彼女である。同学部が百周年を迎え、一流学者の記念論文集が出版された。そうそうたる顔ぶれ――しかし、この人を忘れてはいけないと思った。それは、いつも法学部の事務室の窓口で、学生を快く、そして温かく迎えてくださった竹内さんである。

編入組で、右も左もわからなかった私に、色々と教え、力になってくれた。もちろん、私だけではなく、誰にでもそう。本来、大学の事務など、事務的にすまされることが多い。それは非難されるべきことでもないが、心のふれ合いという点では、希薄である。

竹内さんは、遅れて試験の登録や申請書などを出す学生たちにとっては、頼りだった。多少の便宜をはかってくれて……それは、スーパーやコンビニで会話がなくなったようなコミュニティの傍らで、細々と商いを続ける八百屋さんの奥さんとのちょっとした心のふれ合いのような感じだったとつくづく思う（しかし、私が遅れて出していたわけではない）。初めは窓口だけでの会話だったが、そのうち、大学周辺で出会った時など、挨拶するようになった。

親友と八瀬でのお茶のお稽古にいく時だ。出発する前の叡山電車の中でたまたま出会った時、竹内さんは買い物袋を持って、家に帰られる途中だった。

「まぁ！」

そう言って竹内さんは、袋からバナナを取り出して二人に渡してくれたこともある。二十代半ばのころだから、子どものようで恥ずかしかったが、一人暮らしが当然のことになっていた自分にとっては幼少時の母を思い出させ、叡電に揺られつつ、懐かしさがこみ上げた。

そんな竹内さんも「卒業」する日が近づいた。私が卒業する年、竹内さんは、とうとう退職を迎えたのだ。

「一緒に卒業ですね！」

「そうやね！」

年賀状も出すようになり、前よりもずっとお話しするようになった。窓口での会話も卒業一色になっていった。

しかし、私はその後、竹内さんの温かい気持ちを裏切ることになる――。私は、卒業証書は代理人に一任し、一足先に上京して新生活を始めていた。学生たちがわざわざ送別会までするくらい、みなに慕われている竹内さん。多くの学生や卒業生の心に残っているに違いない。その竹内さんのご自宅に私は花を送ったまま、東京に行ってしまった。そんな私に京都からの電話。

「お花ありがとう。でもね、本当に私はあなたの卒業証書、渡したかった……」

「……」

私は返す言葉がなかった。二つ目の大学の卒業。私は若くもなくて、気持ちの盛り上がりもなかった。しかし、他人なのに、私の卒業を心待ちにし、喜んでいてくださった方がいただなんて――。私は竹内さんの気持ちがわかっていなかった。

「京都に来る時は絶対連絡してきてくださいね」

あの時、私は竹内さんに会いに行かなかった。だから、京都に行く時は、必ず電話する。

そして、かつて窓口で笑っていたように、受話器からの竹内さんの笑い声は、今もなお健在である。

SHUGYO 19

それはタクシーにて

私は公私にわたり、タクシーを使うことが少なくない。短時間の間に、車という密室で、運転手と客という関係が続く。いつもお話しするわけではないが、タクシーの運転手さんと話すことで気晴らしすることもある。

そういえば、いつかあるタクシーの運転手さんに言われたことがある。

「タクシーの中って一期一会でお互い知らないもの同士でしょう。だから、結構お客さんも本音をおっしゃっていくことってあるんですよ」

確かにそうかもしれない。会話など他愛ない話で始まるのだけれど、結構「そうそう」っていうノリで話してしまうことも多い。それに最近、不景気の影響か、「この仕事ついて間もないんです」と言う人も少なくない気がする。またサラリーマン時代のことをお話ししてくれて、当時、全国に出張していた私を励ましてくださった方もいらした。それからなぜだったか忘れたか、「夫婦喧嘩も時にはしますよ」と笑っていたら、運転手さんがとても笑い始めて、「いいなあ。懐かしいなあ。この年になると、喧嘩もしなくなるんですよ。だから、今のうちにいろいろしておいたほうがいいですよ」と、かえって激励(?)してくださったこともあった。

また、あれはいつだったか、京都へ行こうと都心から東京駅へ向かうときにタクシーに乗ったときのこと。そのころ、人間関係でストレスがあった。私はアルコールがダメな家系なので、夜、お酒を飲んで憂さ晴らしをするような術は持ち合わせておらず、常に悶々としていた。

それで、何がきっかけだったかわからないが、「相手にこういうことを言われたが、なぜこういうことを言われるのかわからないんです」と思わず言ってしまった。すると、そのときの運転手さんは、「それはものの言い方を知らない人なんでしょうな」と、淡々とおっしゃった。顔は斜め後ろの後部座席から見えるだけだが、白髪まじりで、初老の男性だった。その後もついつい私は愚痴ってしまっていたが、信号で止まったとき、その方は、黒い革鞄を出してきてごそごそし始めた。

「この運転手さん、何をしているんだろう」

東京駅丸の内口側についたとき、運転手さんは「新幹線に乗ったら、この本でも読みなさい」と一冊の小冊子を手渡してくれた。出版社がよく本の広告とあわせて識者や作家にエッセイなどを書かせて毎月発行している、あの小冊子だ。運転手さんは、いつも読んでいるものがあって、これはもう読んでいるからあげるとおっしゃった。待ち時間に文芸誌など読んでいるのだという。

全然知らない人から、小冊子を一冊いただいた。初めは正直、宗教や信仰の本などを渡されるかと内心、心配していた。

「世の中、こんなおじさんもいるんだ」

タクシーを降りてから、丸の内南口にある有名シェフのランチボックスを買って、新幹線に乗った。しばらく私はさきほどの出来事を思い出していた。運転手さんにとっては、大勢のお客の一人で、些細なことだったろう。あれからもう一年は経ったと思うし、運転手さんは忘れているだろう。でも、一期一会だがさりげなく励ましてもらったことが、今も心にのこる。

だから、いまだにタクシーに乗ると、そのときの運転手さんを思い出してしまうのである。読書家の運転手さん、今日も一日頑張って!

第4章

ココロふるわすもの

SHUGYO

20 一冊の古本

それは、上京して初めての、ある夏の日のこと。一冊の古びた本が私の元に送られてきた。田舎の高校時代の恩師が、調べてほしいと送ってきたのだ。本の名は『ママ、千華を助けて』（産経出版局）。

「この本の続きが知りたい」

その本は、わが娘を薬の副作用で亡くしてしまった母親が書いた本で、娘さんがどのようにして病院にかかり、再生不良性貧血でお亡くなりになったかが書かれている。

そして娘さんの死に疑問をもった母親が論文や全国の有識者（医師・薬剤師など）から原因を突き止め、裁判を提起するまでを記している。死亡の原因薬物は、クロラムフェニコールという抗生物質だ。

確かに、薬理学では学んだ副作用。しかし、裁判が起きていたことなど知らなかった。薬理学の本には書いていなかったし、『医療過誤裁判百選』を探しても、見当たらなかった。

「和解か？」

私は恩師に頼まれたという使命感から、本の中に出てくる弁護士の名前を頼りにネットで検索した。すると、サリドマイド訴訟も手がけたという自由人権協会に辿り着いた。メールで問い合わせたところ、当事者の井上和枝さんに直接連絡できるよう、お口添えしてくれた。私はなぜ今、そのことを知りたいのか手紙を書いて送った。

すると、井上さんは、ご丁重な手紙と一冊の本を送ってくださった。今度の本は、前の本に裁判記録を加筆したものだった。やはり裁判は十年以上かかったのに、最後は和解に至っていた。和解に至ると、公判記録は何も残らない。井上ご夫妻にとっては、無念の結果だった。薬害裁判は、国や製薬企業を相手に薬との因果関係を被害者が立証するため、なかなか勝てない。記憶に新しい薬害エイズの裁判も刑事裁判で、当時の権威だった安部英医師は、無罪となっている（もちろん、賛否両論もあると思うが）。

しかし、私は、井上夫妻の娘さんを亡くされてからの二十数年もの歳月の重みを知った気がした。公判記録を自らの手で残そうとご執筆中で、ちょうどもうすぐでき上がるとのことだった。

恩師から送られた本は、黄ばんでいた。私が生まれたころ、昭和四十七年ごろのことである。もう何もかも終わっていると思っていた。当事者の過去をむし返すことになりかねないと、あえて弁護士を当たっていたのだが、まだまだ「何もかも終わっていなかった」。

恩師に結果を報告すると、

「あー、もう十分よ、ありがとう」

とおっしゃい、そして次のように言って電話を切られた。

「尚子ちゃん、一読者は強いのよ」

それにしてもなぜ、恩師があの本を古本屋で見つけた時、私にわざわざ聞こうと思われたのだろうか。恩師が言うには、その本の中に、薬剤師で弁護士の女性が出ていてたまたま法学部と薬学部で学んでいる私を重ね合わせたらしい。しかし、偶然にも何も終わっていなかったことが明らかになった。一冊の本は、黄ばんでしまっても、その人生は続いていくことを、私は目の当たりにした。年月に埋もれていた古本に、井上さんの思いが詰まっていて、恩師の心に呼びかけたのかもしれない。

そして薬学時代の同期に、この話を添えて暑中見舞いを出してみたが、反応は冷ややかだった。

「医療従事者は意外にこういうことにドライなのよ」

それでも「あの手紙をもらってから、調剤の時に見るようになったよ」という連絡がその後、二、三人から入って、少々ホッとした。

私たち薬学を学んだ者も、臨床に関わらなくても患者の命をあずかっている。こういうケースは氷山の一角で、埋もれた上に薬学は進歩している。

製薬会社に勤める同期の言葉が印象的だ。

「とどのつまり、人が病気になることで、私たちは収入を得ている」

今やヒトゲノム、ゲノム創薬、バイオ特許などなど、経済面がとても華やか。しかし、薬のもつ負の面も誰かが伝えていかなければならない。二度と悲劇を繰り返さないために。

一冊の本が過去からやってきて置いていったメッセージ。千華さんが空から見守ってくれているのかもしれない。

東京で初めて迎えた夏。ビルの合間から見える空は高く、今思えば、私にとって何かが始まる予感がしていた。

※二〇〇〇年十月、この訴訟の裁判の過程などを井上ご夫妻は一冊の本にして自費出版された。医学部の図書館などに置かれているという。
一九七三年八月、千華さんは八歳で薬の副作用でお亡くなりになった。そして、裁判は、一九八九年十一月、製薬企業側が遺族に二千二百万円支払い、和解成立。

千華さんが亡くなってからすでに十六年の月日が流れていた……。

SHUGYO 21

消えない美術館

二〇〇一年秋のある日――。一通の白い手紙が届いた。

「とうとうこの日が来たのか……」

自宅ポストの前で、すかさず封を開けた私は、肩を落とした。それは、ある美術館の閉館のお知らせだった。

数年前、徳島県鳴門市の大学に通っていた弟を訪ね、家族で出向いた時のことだ。山育ちの私たちには四国は見知らぬ土地。鳴門の渦潮を見に行ったり、海の幸に舌鼓をうったり――。そんな折、せっかくだから、美術館に行こうという話になった。「恰《あたか》美術館」。人間国宝で染色家の芹沢銈介氏の作品が常設されているという。また、ちょうどその時、黒澤明展をしていることがわかり、私たちは小高い山の手にある、その美術館に足を運んだ。

こぢんまりとはしているが、こういう美術館が地方都市にあるなんて、貴重な存在だとその時思った。黒澤明氏の作品に圧倒されつつ、時間が過ぎていった。案の定、父は釘付けとなってしまって、母と私は先に二階のソファーでくつろいだ。目の前に広がるオーシャンヴューに引き込まれるかのように。遠くに船が行き来する。その汽笛と波音がかすかに聞こえる、そう思ったりしながら――。

翌日だったと思う。父が新聞を読んでいて、突然、私を呼んだ。「これは……」。新聞のコラムに、昨日行った美術館のことが載っている。それも競売にかかっていて、追悼・黒澤明展で起死回生なるか、といったような文面だったと思う。

昨日、私たちを楽しませてくれた美術館が競売中だなんて、信じられない。それも館長が私財をなげうって始めた美術館だという。父はその全国紙に向けて、私はひとまず同館長にお手紙を書いた。そして、徳島の地元紙に、地方都市には珍しい素敵な美術館が競売になってもったいないと訴えた。

それから、だ。その後の反響までフォローはしていないが、館長のあたか氏から、時々美術館の催しのダイレクトメールが私にまで届くようになった。四国の友達にも宣伝してかわりに行ってもらったこともあった。

しかし、月日の流れは、けっしてこちらに味方してくれていたのではなかった。一九九一年三月から多くの入館者を楽しませてくれたその美術館は、その役目を終えてしまった。大阪の会社役員（徳島出身）が落札したという。再び美術館として再生するらしいが、もはやそれは「恰美術館」ではない。

「ゆく河の流れは絶えずして、しかも、もとの水にあらず。

淀みに浮かぶうたかたは、かつ消えかつ結びて、

久しくとどまりたる例なし。

世中にある人と栖と、またかくのごとし。」（閉館のお知らせに添えて）

後日、館長から手紙をいただいた。

「後は振り返らない。人間万事塞翁が馬」

これから四国八十八カ所を回る予定で、人や自然との出会いが楽しみだという。

——私は通りすがりの旅人だった。しかし、心に刻まれた数々の作品は、時々引き出しから出されて、ふと心のスクリーンに映し出される。亡くなった祖父を時々思い出すように……。

SHUGYO 22

東京の空

雲ひとつない冬うららかなるある日の午後——。とある勉強会で知り合いになった歯科医師の御宅にお邪魔することになった。

そこは都内某所。メールで指示されたとおりの道順で高層マンションを目指し、てくてく歩いていった。

「ピンポーン」

「いらっしゃーい」

先生のやさしく温かい声のお出迎え。そして私は、リビングに通された。窓の向こうには都庁やパークハイアット東京など、新宿の超高層ビルがそびえ立つ。

「素敵ですね！」

大人げないほど大騒ぎ。ふだん、低層階に住んでいる私には、その視界はとても新鮮だった。

紅茶を楽しみつつ、相も変わらず社会問題について、数時間議論しただろうか。気がつけば、夕刻――。超高層ビルが、傾いた太陽に照らされ、まばゆいほどの光を発し、こちらに迫ってくる。そこに人工物と自然との融合が現れた。

そして、地平からオレンジに色づき始めた。昼の顔の青空との境界線は、微妙なグラデーションを醸《かも》し出す。素敵だなとうっとりしていると、次第に色が変化し始める。夜が少しずつ顔を出すように、紫色、ブルー、そして透明色の大きな虹が地球を覆っていく。それから、下界のプラネタリウムの街灯が一つ、そしてまた一つと灯されるたびに、夜空の幕が開いていく。

視界の夜空には星が一つだけ。煌煌《こうこう》とその一つだけ。眼下には、満天の星空の如く、大都会ならではの夜景が広がる――。

とても綺麗だけれど、宇宙に広がる銀河の星の輝きのほうがもっともっと綺麗なはずなのに、私たちは、夜の快適な生活を手に入れ、「星空」を忘れてしまった。そんな気がして、ずっと見ていた。

銀河はもっと大きく高くて私たちの上を覆っているのに、私たちは、夜になっても下ばかり見て生きているんだ……。朝は地下鉄、慌ただしいまま、昼はビルの中。夜はネオンが照らすだけ、か。小さいころ見たふるさとの夜空は、ここにはない。

「東京にいると空をあまり見なくなった」

ある人が言ったその言葉を思い出した。でもその人は、「空を見なくなった」ことに気づいているだけ幸せ。私は、その人に言われなかったら、たぶん毎日の生活に追われ、いつもいつも下ばかり見て歩んでいたに違いない。

――先生は、アルコールの香りが消えた午前二、三時すぎの新宿の、おとなしめの夜景が好きだという。まだ宵の口の目の前の夜景を、自分の中で少し消して、見た……。

眠らない街のささやかな小休止。少し寂しげな東京が人恋しそうにそこに横たわっていた。

SHUGYO 23

心を染める葉

「タクシーの運転手によると、今、外苑前の銀杏並木が綺麗だそうです」。

二〇〇一年十一月半ば、知人からそんなメールが届く。上京して早一年半がすぎたが、これが東京では秋のご挨拶かなと思いつつ、結局行けずじまいで、会社と家との往復の日々を過ごす。京都なら、自然に山なみが暮れゆく秋を教えてくれていたっけ……。

そんな折、十一月二十九日に京都の知人のメールとともにデジタル・フォトの紅葉だよりを手にする。カメラマンの腕がいいのか、しばし、終わりゆく古都の秋にトリップしてしまう。三十日には、別の京都の知人から慣れ親しんだ彼女の字とともに、ティッシュに包まれた数枚の紅葉。黄色い数枚の葉を手に、なんだか涙がこみ上げてきた。葉が少し乾いており、メールでは気づかなかった、京都との距離を感じさせられた。そんな余韻も都会の雑踏に消されるがごとく、次の日が始まったが、いつもと変わらない地下鉄の中で、隣の白髪の女性の開いた本に目が止まった。開いた本のしおりには、朱く染まった楕円形の葉。公園のベンチでの読書でたまたま拾ったのかしら、それとも……。彼女の隣でしばし空想にふける私。少し虫食いのあとが、なんともいじらしい。

その翌日、国際速達郵便で、クリスマスカードが届く。「少し気が早いですが」。また翌日続けて、都内の知人からも届いた。

桜の花も散るから美しい。紅葉も散るから、名残惜しい——。友人のクリスマスの知らせに、慌しい師走を取り戻しつつも、いつもの地下鉄に揺られてはふと目を閉じて思い出す。そしてとうとう冬将軍がやってきた。

SHUGYO 24

薄づきの桜の木の下で

二〇〇二年三月下旬、忙《せわ》しない東京――。桜までも咲き急ぐのかと、その季節感のずれに戸惑いを覚える。その年の春の訪れは、まだ桃の節句の余韻もさめやらぬうちに……。さらに、強風や雨のせいで、散り急ぐ。そして今夜は少し底冷えの感がする。早咲きの桜も冷えきって、明日の風に吹かれ、散り急ぐのだろうか。

全国各地でも二〇〇二年は早咲きの傾向にあるという。ニュースや新聞もそう伝えるが、〝地方記者〟の季節便りはなおのこと、季節感を漂わせる。

「我が家の鉢植えの桜も、もう満開なんですよ」

岡山の田舎から一枚の葉書が届く。〝米屋のおばちゃん〟からである。私のふるさとは、岡山といっても中国山地に近い山あいの町だから、冬は雪が積もるし、盆地ではあるが、夏は比較的涼しい。そんなふるさとでも、今年の桜は早く咲かずにはいられないらしい。

実はふるさとには老齢の名桜がある。しかし、あまりに山深い所にあって、私もいまだに一度しか訪れていない。凛《りん》と一本そびえたつ山桜。花は下界のように華やかではないが、堂々たるその風格に思わず言葉を失った。そして、その場所から向こうの山々が、自分と同じ目の高さで、連なっている。澄んだ空気の向こうに、萌ゆる深緑。向こうの森は静かに息をしていた。

そんな山深い所で、千年以上もの間、たった〝一人〟でその山桜は、めぐりくる春を歌い続けた。下界の桜が咲き乱れたあと、ひっそりとその山桜は、春が過ぎゆくのを楽しんだにちがいない。

その桜の名は、『醍醐桜《だいござくら》』。鎌倉末期、その地に立ち寄られた後醍醐天皇が、絢爛《けんらん》と咲き誇る花の見事さを誉めたたえたのが名前の由来という。今や全国放送で中継されることも多くなった。だから、下界の桜が咲き散る頃、全国からこの山桜に会いに人はやって来る。

「今年の醍醐桜も一週間ほど早いらしいよ」

母が電話で教えてくれた。あの山桜も毎年都会からやってくる人ごみに、忙しない都会の香りを知ったのだろうか……。

はや、気がつけば、私も東京の桜の下をもう三度通りすぎてしまった。咲き急ぐ桜を人ごみに紛れて見に行った翌日、私は知人にメールを送った。

「東京は空気がよくないせいか、少し桜の色が薄い気がしますが、何だか私たちのような気がしないでもありません」

会社と家だけの往復。地下鉄の車窓は暗闇、一緒に乗り合わせた人は誰か知らない。通りすがりの人が私のバッグにぶつかるも、無言のまま。コンクリートのビルに囲まれた空間。いつも時間に追われ、街路樹の変化にすら気づかないような私。信号待ちや駅のホームで、携帯電話しか見ていない人たち。ゴミが風に吹かれ道端にたまっていても、誰もが無視して通りすぎていく。希薄な毎日――。

そういえば先日、父が岡山から上京した時、こう言っていた。

「飛行機から東京を見下ろすと、空気がとても悪いのが何となくわかったよ」

私たちはそんな空の下で、一生懸命息をしている。誰か知らない多くの人たちと一生懸命に……。

そして、東京のそんな薄い桜の花が散り始めると、ふるさとの山桜は、ふと私の心にも咲き始めるのである。

SHUGYO 25

新緑の季節に

二〇〇二年五月三日。GW《ゴールデンウィーク》後半の初日。前日、連休が嬉しくて夜更かししたせいで、お昼の起床。まだ少し眠い目をこすりながら、マンション一階の新聞を取りに、十階の自宅を出た。いつもと変わらない殺風景な光景。エレベーターに乗ろうと角を曲がった瞬間、視界にふわりと揺れるものを見つけた。

「何?」

眼鏡をかけていないせいで、ぼんやりしていたが、何かが向こうのビルの上で、動・

いている!!　目を凝らして見てみると……。何の用もなくてただただ普段着姿の私の頬が緩んだ。

そう、そこに鯉のぼりが三匹泳いでいたのだ。斜め向こうに見下ろす首都高速を挟んで向こうの高いビルの間から見える、五階建てくらいだろうか、雑居ビルらしき建物の屋上で、雄大に鯉のぼりが泳いでいた。

私はビルが自分勝手に林立していて、緑も少なくて、お洒落なお店もないこの町があまり好きになれずにいた。でも、こんな無機質で殺風景な街にも、懐かしい行事を大事にする一家がいるのだなと思うと、なんだか昔見た鯉のぼりが思い出されてきた。

幼少の頃、家の近くの空き地で、鯉のぼりをあげてもらったこと。背も小さいから、本当に大きくて、見上げていて首が疲れたこと。去年は、なじみのなかった東北への出張帰りに、福島だったろうか、横並びに鯉のぼりが泳いでいた風景を車窓から眺めていたこと。新緑の季節、絵の具にはないその緑の山や田やその鯉のぼりとのコントラストをずっと見ていた……。

そんなことを思いつつ、エレベーターで階下におりた。その日はなんだかそれだけで幸せな気分。和菓子屋でついつい柏餅を一つだけいただいて、マンションの窓から外を眺めてほおばった。仕事があるせいで、普段、何気ないことに気がつかなくなる自分がいる。少しだけ早い「子どもの日」。二日早い柏餅もなかなか美味しいわ。

仕事に疲れた無色の日々にも、時に粋な計らいがあるものです——。

出版に寄せて

尚子ワールドの魅力　〜言葉の力、心の力〜

尚子さんとは、五年ほど前に大学で知り合って以来、親しくお付き合いさせていただいています。卒業後、尚子さんはジャーナリストとしての道を歩き始められ、私はインド洋の島国スリランカで働き始めて、お互い学生時代には思いもよらなかった人生を歩みつつあります。住む場所は遠く離れていながらも、私達は数え切れないほどの手紙やメールをやり取りし、一緒に悩んだり励まし合ったりして、距離を感じないお付き合いが続いてきました。

このたび、尚子さんが初のエッセイ集を出版されたことに、心からお祝いを申し上げます。もとより、尚子さんの人となりや才能のすばらしさを、限られた紙幅の中で述べ尽くすことはできませんが、この本の中に広がっている「尚子ワールド」の魅力について、独断まじりながら紹介させていただくことで、尚子さんを一人でも多くの人に、より身近に感じていただければ幸いです。

まず、この本をどこから開いても、読者を引き込む「言葉の力」が感じられることでしょう。尚子さんの言葉のセンスは、話している時であれ、書いている時であれ、いつもユニークで、はっとさせられるような新鮮な響きがあります。この作品の中でも、風景、人物像、心の動きなどの多彩な題材が、豊かな感性で捉えられ、そして個性的な表現で鮮やかに綴られています。しかも、その感性には、誰もが納得できる説得力が伴っていて、感性と論理性が不思議なバランスを保ちながらごく自然体で展開していきます。「文理両道」の尚子さんならではの持ち味と言えるでしょう。

そしてもう一つ、このエッセイ集の、そして尚子さん自身の大きな魅力は、「心の力」です。尚子さんを知る人は、彼女の人脈の幅広さに驚かされることが多いですが、ただ知り合いが多いというだけではなく、一人一人との交流の内容も豊かです。この本に登場するさまざまな人々は、縁あって尚子さんと知り合い、尚子さんの人一倍温かく誠実な心に引きつけられて、いわば心のネットワークを形作っています。表面的ではなく本当に人を大切にするということは、簡単なようでいて、実際は並大抵のことではありません。私自身、尚子さんと接しているうちに、人を大切にするとはどういうことかを教わりました。「心を伝える仕事」「心に残る仕事」をモットーとして書かれている尚子さんの文章には、たとえ小さな新聞記事でも、人の心を動かす力があります。心の力によって、言葉の力は一層輝いてくるのです。

こうして言葉の力、言葉の力が生み出す「尚子ワールド」は、ユニークでありながら、広く読者の共感を誘います。それは、内容自体もさることながら、作品全体を通じて浮き彫りとなっている、自分らしい生き方を探して一生懸命に歩む尚子さんの姿勢が、現代を生きる多くの人々の心と重なるからではないでしょうか。確かなものなど何も無いかのような昨今の世の中で、言葉の力と心の力への確かな信念を持って、自分なりの道を切り開いていこうとする尚子さんに、私も同世代の女性としてエールを贈りたいと思います。

尚子ワールドは、まだ始まったばかりです。この本をきっかけとして、新たな人の輪が生まれ、尚子ワールドをさらに広げていくことでしょう。実際どんな風に広がっていくのかは、ご本人も含め、誰にも予想がつかないかもしれません。だからこそ、これから起きるであろう意外な展開の一つ一つを楽しみとして皆で分かち合いながら、それぞれの道を歩んで行けたら、これほど嬉しいことはありません。

スリランカの友より

あとがき

私の一風変わった生き方を書き記すことは、進路、結婚・離婚などの人生の岐路に立ち、悩む人たちに、何らかのヒントを与えるかもしれない――。それが、この本を書くにいたる「始まり」だった。

しかし、書き続けていくうちに、自分自身の生き方を客観視することになり、内省することができた。やっと心の整理をつけることができたのだった。

ある時期、私は、この一風変わった生き方を否定し、後悔していた。しかし、そんな折、ある先生が、出版された本にある言葉を記念に書いてくださった。「人の生き方には教科書はない」と。人生に教科書がないのなら、私が選択してきた、この一風変わった人生だって、存在価値がある。意味がある。

失敗も苦労も受け入れられれば、それは荒削りでも輝きを放つ。悔し涙もその輝きに磨きをかける。私が、不器用に生きてきた人生も肯定できるときがきた。それが、「今」である。


「本を書いて社会や周りが変わらなくとも、君自身が変わるだろう」

今回の執筆にあたり、何も言わなかったパートナーだったが、執筆も最終段階になって、ふとそう言った。彼はいつも黙って見守っていてくれたのだ。本当に有難う。

また、今回、遅筆な私を見捨てず、最後まで温かく見守ってくださり、叱咤激励していただいた文芸社の皆様、本当に有難うございました。


最後に、この本をわざわざ手にとってくださった皆様、この本に登場してくださった方々、そして、未熟な私をいつも支えてくださっている方々へ、感謝をこめて私が日ごろ大切にしている言葉を贈ります。

小さな幸せの積み重ねは、大きな幸せへの始まりです。

菫《すみれ》の咲くころに――

中川　尚子

著者プロフィール
中川 尚子（なかがわ なおこ）
1972年岡山県生まれ。
岡山大学薬学部卒。京都大学法学部卒。
現在、東京の医薬系新聞社で記者として活躍。

ココロの声に耳をすませば——大切なことに気づくために

2003年3月15日　初版第1刷発行

著　者　中川 尚子
発行者　瓜谷 綱延
発行所　株式会社文芸社
〒160-0022　東京都新宿区新宿1－10－1
電話　03-5369-3060（編集）
03-5369-2299（販売）
振替　00190-8-728265

印刷所　株式会社平河工業社

ISBN4-8355-5285-7 C0095